馔
工厂

花甲之年吃花甲

大宋王朝的优雅与粗鄙

张弛 著

中国友谊出版公司

图书在版编目（CIP）数据

花甲之年吃花甲：大宋王朝的优雅与粗鄙 / 张弛著. -- 北京：中国友谊出版公司，2020.10
ISBN 978-7-5057-4990-0

Ⅰ.①花… Ⅱ.①张… Ⅲ.①随笔-作品集-中国-当代 Ⅳ.①I267.1

中国版本图书馆CIP数据核字(2020)第175568号

书名	花甲之年吃花甲：大宋王朝的优雅与粗鄙
作者	张弛
出版	中国友谊出版公司
发行	中国友谊出版公司
经销	新华书店
印刷	唐山富达印务有限公司
规格	880×1230毫米　32开 7.75印张　128千字
版次	2020年11月第1版
印次	2020年11月第1次印刷
书号	ISBN 978-7-5057-4990-0
定价	39.80元
地址	北京市朝阳区西坝河南里17号楼
邮编	100028
电话	(010) 64678009

版权所有，翻版必究
如发现印装质量问题，可联系调换
电话　(010) 59799930-601

寂寞开无主。

——陆游《卜算子·咏梅》

前者描绘葡萄如此成功,以至于鸟雀都飞来觅食。

——班宗华(Richard Barnhart)

目录

不在话下	/ 01
清凉寺	/ 001
百脉泉	/ 005
开芳宴	/ 011
相国寺	/ 017
马受惊	/ 021
骨偶记	/ 027
独赴召	/ 033
老中医	/ 041
路线图	/ 047
去帝尊	/ 053
浑天仪	/ 061
归来堂	/ 067
万年桥	/ 073
花石纲	/ 079

帮源洞　　　　　　　　／ 085

虫不蛰　　　　　　　　／ 089

云破处　　　　　　　　／ 095

金沙滩　　　　　　　　／ 103

食货志　　　　　　　　／ 109

海沙山　　　　　　　　／ 115

糖霜谱　　　　　　　　／ 119

小米巷　　　　　　　　／ 123

西马塍　　　　　　　　／ 127

鸡笼山　　　　　　　　／ 131

断片儿　　　　　　　　／ 135

酒坊巷　　　　　　　　／ 139

捕蛇者　　　　　　　　／ 145

癸辛街　　　　　　　　／ 151

错认水　　　　　　　　／ 157

舴艋舟	/ 161
永固陵	/ 167
钟氏舍	/ 173
觅贴儿	/ 177
金石录	/ 181
仿宋体	/ 187
神妙帖	/ 191
懒慢抄	/ 195
张汝舟	/ 199
赵家人	/ 205
石窟寺	/ 209
浆面条	/ 215
安乐窝	/ 219

| 参考资料 | / 223 |

不在话下

这些年，关于宋代的话题又热闹起来，比如汝瓷，比如《江山万里图》，另外还有插花、熏香之类的，这些都是宋人的雅。其实，宋代也有很多俗的地方，不管是艳俗还是恶俗（这些都在文章里罗列了），有些事情甚至不堪回首。我以为，宋代的所谓雅，都是建筑在这些基础上的。所以说，宋代的雅，雅得让人绝望。它甚至没能给自己留一条后路，却给我们解读那个时代，提供了一条线索。

但是为什么要写李清照，可能是由于我的一知半解吧。总之，写作是秘密，还是不说为好。还是让我们聊宋代吧，宋代人也有很多可爱的地方，比如他们傻傻分不清河豚和鲔鱼，更不知道椰子为何物，竟以为椰汁能把人喝醉。有时，我真怀疑他们的酒量。宋代人不一定是世界上最早吃花甲的人，但是对这种事物也普遍感到陌生，我担心他们一开始会连壳带肉一起吃掉。

但不是所有宋人都那么没见识。沈括在《梦溪笔谈》中，就对各种蛤蜊有过精确的描述："按，文蛤即吴人所食花蛤也，魁蛤即车螯也，海蛤今不识。其生时但海岸泥沙中得之，大者如棋子，细者如油麻粒。黄、白或赤相杂，盖非一类。乃诸蛤之房，为海水礐砺光莹，都非旧质。蛤之属其类至多，房之坚久莹洁者，皆可用，不适指一物，故通谓之海蛤耳。"

另外，宋人已经知道枸杞为陕西极边生者，果实圆如樱桃，没核。

宋人还认为硫黄与钟乳皆生于石，是神仙药，为阳气溶液凝结而就，每年夏至这天服用百粒，能去除脏腑中之秽滞。其源头可以作为汤池洗澡，沸腾处还可烹饪。

不光硫黄，山獭也被宋人视为奇僻之品，能解箭毒。中箭者研其骨少许敷之，立消（也有说就酒喝下去的）。《桂海虞衡志》云："（山獭）出宜州溪峒。"峒人云："獭性淫毒，山中有此物，凡牝兽皆避去。獭无偶，抱木而枯。"

宋人的风俗习惯也很有意思，他们以每月初五、十四、二十三为月忌，凡事必避之，其说不经。后见卫道夫云：

"闻前辈之说,谓此三日为河图数之中宫五数耳,五为君象,故民庶不可用。"

宋人还对一些怪病百思不解。有个叫吕缙叔的突然得了一种病,每天都在缩小,到死的时候,几乎缩成了婴儿。还有一个松滋县令姜愚,没有任何疾病,只是有一天突然不认字了,数年后方稍稍复旧(现在看应该是轻微脑梗之类的)。又有一人家妾,看直的东西都是弯曲的,而弯曲的东西,比如弓弩或角尺,则都看成钩子。时人视为奇疾。

宋人以为,有些神秘的小虫子也会导致疾病。彭乘在《墨客挥犀》中说到蜣螂,把这种小虫描述得十分可怕:"蜣螂夜飞,宜避之,撞人胸腹或臂股间,辄遗子而去(意思是说,在你身上下崽)。人或不悟,子渐隐入肉中为患。生股臂间者,犹可传疗,若入心腹,则不可治也。"其实所谓蜣螂,不过就是现在的屎壳郎。

不过,宋人找到了治疗应声虫的方法。《续墨客挥犀·卷五》讲了这么一个故事,淮西有个叫杨勔的人,自称"中年以后得了一种奇怪的病,每次说话,肚子里就有声音小声效仿。近几年,效仿的声音变得越来越大"。有个道士见了非常吃惊,说:"你肚子里有一只应声虫,不马上治疗的话,会殃及妻子、子女。办法是读《本草》,遇到应声虫不回应的药名,吃下去病就会好。"于是,杨勔按照道士的话开始念《本草》,读到雷丸这味药时,应声虫突然不吭声了。杨勔便狂摄雷丸,很快病就好了。

长汀的街头有一个乞丐,也得了这种病,引来很多人围观。有人跟乞丐说,吃了雷丸病就会好。谁知这个乞丐说:"某贫无他技,所以求衣食于人者,唯藉此耳。"意思是说,我这个人没什么长项,病治好了,就没法卖艺了。

宋朝地域歧视也比较严重。倪彦曾经在太原府当幕官,发现太原人喜欢吃枣,无论贵贱老少,袖口里经常揣着枣,没事就取出吃上一枚。太原人牙齿都是黄的,就是由于吃枣的缘故,难怪嵇康说:齿居晋而黄。(这让我想起老唐,他在太原生活了十来年。去年四月,我还陪他在太钢附近找到了他家的旧居。)

宋人嗜古,李清照和赵明诚这对奇葩夫妻便是明证。

宋代玉器造型开始接近写实,以花、鸟、兽为主,尤其是龙凤呈祥之类的主题最受欢迎,主要是老百姓也可以赏玩。但也开始了大规模的造假,仿制了很多商周时期的器型,比如玉圭、玉璧、青铜鼎等,很多玉器就是宋人给起的名。(因为那时还不时兴田野考古,宋代以来的金石著作中,其中的一些史前玉器都被当成夏商周三代的玉器被著录。)

书画作品的造假更不用说了,可能因为宋朝高人多,就连张伯驹老先生都打了眼。我个人认为,字画造假始于临摹,未必有什么不良动机,只是临着临着就乱真了。宋徽宗就临摹过张萱的《捣练图》和《虢国夫人游春图》。

但最著名的仿造例子是北宋哲宗绍圣三年(1096),在咸阳县刘银村修舍时,从地里掘出一枚古玉印,上面刻着"受命于天,既寿永昌"几字,马上献给了朝廷。哲宗信以为真,将其视若国玺,后经蔡京和李公麟等鉴考,证明是假的。蔡京大家都知道,李公麟是北宋画家,擅长纸本白描,画过《五马图》《临韦偃牧放图卷》等。

后来宋朝倒霉,就倒在这枚印章上了。难怪徽宗对它不待见,"取其文而黜其玺不用,自作受命宝"。那枚玉玺从此下落不明。

曾经在一个古玩摊见到一个青铜的小铲,年代在宋以前。它的柄很细,有两厘米长,铲的顶端有四个小圆孔。原来这就是所谓的文扇,上面的四个小孔是穿鹅毛用的,由于年代久远,上面的丝线和鹅毛都没了。古人写完毛笔字久久不干,特别是南方,就要用文扇去扇。这是一件需要耐心的活计,一般都是贴身丫鬟或者书童方能胜任。好在古人的毛笔字都写得不太大（不过寸余），因为没有一得阁，研起墨来颇不容易，所以才会惜墨如金。即便是写匾额，也是先写了小样再拿去放大。

我个人喜欢宋代，主要原因是宋代没有宵禁，可以夜间出来混小酒馆。另外，宋代人也迷恋乱力怪神，喜欢讲鬼故事（因宋时忌讳渐多，文人还喜欢讲前朝掌故，不太触碰现实题材）。我就特别爱看那些女妖怪勾引落魄书生的鬼故事，不管它们有多恐怖。

宋人花钱方面，不管是商人还是市民阶层，花钱都大手大脚，甚至钱不过夜，就好像这些钱是偷来的抢来的似的。钱花光了没关系，直接去当铺把衣服和手头的东西当了接着耍。传说当年西湖边上的当铺就是给这些人开的。

书稿完成之后，正值狗年（农历戊戌年）正月，屋里明媚如春，狗狗们在床上或趴或躺，晒着天阳。而屋外寒风朔朔，北京自入冬以来一场像样的雪都没下。有一天突然想吃花甲米线，这件事听着有些奇怪，因为之前从没吃过。这种吃食在北京尚属新生事物，只有在重庆、成都等地才能吃到。再有就是如何写这篇序，更是着实踌躇了一阵子，李清照当年写《金石录后序》，就让我有些不解。后来才知道，之前因为有人写过序，再写就是后序了。虽说是后序，却也排在了正文前面。

感谢高大师，送给我第一本参考资料，还将这本书的文稿推荐给北岛。感谢任小强，帮我找来与本书相关的诸多细节。感谢鸭姐，帮我在网上买书。感谢狗子，慨然为我写跋。感谢阿坚跟我分享他在怀仁的旅行经历。雍熙三年（986）正月，宋辽在金沙滩打过一场恶仗，宋损兵折将，从此元气大伤，埋下了悲催的种子，也才有了后来的"澶渊之盟"。

感谢老葛、石磊、方叔、袁玮、小姚、郑献成、魏海波、王忻、王海、哈雷、左梨、蛋挞、老瓦、老楼、陈飞、天晖、宏志、汉行、罗艺、立峰、孙助、应昊、潜夜、夏夏、任伟东、关洛勤、细细、江泛、丁小禾，为本书提供了诸多支持和帮助。

不在话下。

清凉寺

清凉寺位于河南省宝丰县大营镇,与汝州张公巷、汝州文庙汝窑一起,被公认为汝窑三大遗址。但是三个窑址烧造的汝瓷还有很大的分别,比如哪些是民汝哪些是贡汝到现在也没搞清,而清凉寺的汝瓷无疑最具官窑性质。

汤司令十多年前去过清凉寺,他先是从郑州坐大巴到登封、郏县,再到宝丰县城,然后打车到清凉寺村。到了地方才发现,清凉寺汝窑遗址被保护起来了,周围村民家有些碎瓷片。清凉寺周边的环境很普通,平原上有些小土坡。汤司令说,这一带都是窑址,煤矿往往和窑址伴生(按我的理解,窑址需要用煤烧窑)。当地人说钧汝不分,都是极致的青色。汤司令至今记得,那种天青色的色彩,在黄土的背景里尤其耀眼。

荣岩是2010年从徐州开车去的，出发之前，汤司令帮他梳理了路线，以及公安局、治安点还有摄像头的位置。那是一次窑址之旅，一路上荣岩载着他爸还看了鲁山窑、定窑和邢窑。鲁山窑也是烧造青瓷的，邢窑博物馆在一个景区里，不对外开放。在清凉寺村，有村民卖硬币大小的瓷片，一片大约一百块钱。荣岩说，遗址上是一个文化馆式的单位，也可能是个书画社，展柜里有几枚名片大小的瓷片，给荣岩留下的印象不是很好。听说我要去清凉寺，荣岩劝我说不值得去，去了就后悔。

这些年，我也去过一些窑址，比如邢窑窑址，霍州窑窑址，并且在一个老大娘家里收了一个陶罐。但是在窑址上，运气好了也是只能捡到一些碎瓷片，要看器型完整的瓷器，只能去博物馆。上个月去青州博物馆就看到定窑白釉剔花盘、龙泉窑青釉碗、龙泉窑青釉划花高柄盏、钧窑玫瑰斑天蓝釉香炉等（另外还有几件铜镜，应该是当年宋代人的生活物品），在窑址里是没法看到的。但要想看懂瓷器，就得从瓷片学起。博物馆里的东西再好，也不会给你上手的机会。

青州博物馆里最为精致的展品，是一件战国时期的金环首，整体呈椭圆形，纹饰为卷曲成环的异兽形象，兽头长有锥状犄角，耳后有卷曲状纹饰，看上去就像翅膀，与前腿的兽蹄相连，身上刻着细细的羽毛，带有强烈的草原文化色彩，即斯基泰艺术风格。当然，这件展品跟汝窑无关，在这里岔开话题，是因为这件东西的确太稀罕了。

被认为是汝窑发现认定第一人的叶喆民老先生，曾经在《四寻汝窑》一文中写到他在清凉寺汝窑的考察经历："1977年4月，为编写《中国陶瓷史》，再赴豫南一带进行考察，曾至宝丰清凉寺（别称青龙寺），看到河沟两岸堆积的瓷片与窑具高约一丈，断断续续长约三五百米之遥，其壮观景象为个人所至河南许多窑址中所仅见，堪与河北定窑媲美。"

2000年4月，叶喆民老先生再赴平顶山，对清凉寺汝窑遗址做了七八十年代以后的第四次考察。"但觉山村依旧而地貌再次改观，昔日窑址附近面目全非，唯见新立窑址保护牌矗立田边，而当年遍地瓷片、俯首可拾的景象早已不见，偶有所得也是质量一般。由于村民们多认识到汝瓷的贵重性而刻意寻觅捡拾殆尽，仅能在个别陶艺家及收藏者手中看到一些精致的残器与瓷片而已。"跟汤司令、荣岩说的情况几乎一样。

叶喆民老先生自幼随父叶麟趾教授学习陶瓷，后在故宫博物院师从陈万里、孙瀛洲二位先生赴全国各大窑址考察，鉴定博物馆藏瓷，一生著作无数，但个人从不从事收藏，家中只存有一些供研究用的陶瓷残片。

百脉泉

拉我的司机师傅姓李,自称是李清照的本家,也是明水人,1958年出生,明年就六十了。姑且叫他老李,但我看不太出他的年纪,他戴着一顶鸭舌帽,眼镜像唐大年的那副,一路不停地抽烟,不停地说话。因为口音太重,大多数话我都听不懂。据孙助说,李清照的诗词,很多就是按明水口音押韵的。

李清照的诗词我没有研究,不过,宋人笔记《墨客挥犀·卷一》载:诗人多用方言。南人谓象牙为白暗,犀为黑暗。故老杜诗曰:"黑暗通蛮货。"又谓睡美为黑暗,饮酒为软饱,故东坡诗曰:"三杯软饱后,一枕黑甜余。"可见,方言入诗已成为普遍现象。

老李先拉我去李清照故居,门牌号是清照路135号。

这是一个独院，显然不是宋代的，门上的油漆剥落，大门紧锁。据说打算重新装修，跟周边一带搞旅游开发。故居边上的房子都扒了，只剩下李家大院一处。这才注意到院子前面立着一块石碑，上书：

李家大院

章丘市第一批文物保护单位

章丘市人民政府

二〇〇八年一月二十八日公示

接着我们去清照词园（门票五十元），那里面也有个李清照故居，虽然在路上绕了一大圈，其实跟李家大院不过是一墙之隔。这是一组临近水边的仿古建筑，一进院子就看到一个硕大的水池子，老李说这叫梅花泉，中间的泉眼有的时候能喷一米多高。顺着老李的指点，水面中间果然有一处咕嘟咕嘟的。

一进小院便是漱玉堂，因李清照《漱玉词》而得名，迎门屏风上是李清照的行迹图，我注意到上面标着济南。没有任何资料显示李清照到过济南，不过，在济南中心的大明湖畔，先前有一座藕神祠，但已经破败不堪。在清代诗人符兆伦的主持下,将这间庙宇翻修,变成祭祀李清照的一处圣地。(为此,符兆伦还专门写了一篇《明湖藕神祠移祀李易安居士记》记叙此事。)济南也一直视李清照和辛弃疾"二安"为济南的骄傲,两个人一个婉约,一个豪放。

圈展柜里摆着各种李清照的研究专著,多是近现代人写的。

再往里走是燕寝凝香,仿照李清照夫妻的起居室而建,出自李清照《感怀》一诗,"作诗谢绝聊闭门,燕寝凝香有佳思"。这首诗是李清照在莱州期间写的,作序云:宣和辛丑八月十日到莱,独坐一室,平生所见皆不在目前。几上有《礼韵》,因信手开之,约以所开韵作诗,偶得子字,因以为韵,作感怀诗。

实际上这首诗的写作背景是,赵明诚1120年被任命为莱州知州,一年之后李清照从青州赴莱州与赵明诚团聚,可是当她还在路上的时候,赵明诚就已纳了一个小妾,因为李清照不能生育,按后来的话说,就是卷入了一场风花雪月。所以,李清照到了莱州之后,赵明诚并没有马上见她,而是暂且把她一个人安置在一个房间里。难怪李清照抱怨,平生所见皆不在眼前。这首诗押的子韵,也未必像李清照说的那么随意。

但我觉得李清照未必会这么小心眼儿，传说自盛唐时期，老婆一般到了二十九岁都会让老公娶个小的。不论李清照跟老公究竟发生了哪种情况，两个人恐怕也只能且行且珍惜了。

一进屋看到过道两边分别摆着两个架子，一个书架子上有几套线装书，还有一个架子上摆着几件陶器和瓷器。殊不知宋人是不屑于收藏这类东西的，他们只对字画和金石感兴趣，看一下赵明诚的《金石录》就知道了。瓷器是什么？不过就是一些日常生活用具，碗呀盘子呀之类的；家具是什么？不过就是家庭陈设。现在的人好东西收不来，才拿这些破烂儿当宝贝。

右侧大概是一间茶室，珠帘后面有一个李清照和赵明诚在斗茶的雕塑（想起来真是讽刺）。只见李清照举着茶杯，赵明诚手里拿着一卷线装书，在跟李清照对视。（案子上摆着一个执壶分明是酒壶，茶壶应该是提梁的，因为要在茶炉上煮。杯子也不是茶杯的器型，腹收得明显不够，既不是定瓷，也不是汝瓷或耀州窑。）这让我想起在青州看到的那件雕塑，李清照在抚琴，赵明诚也是手里拿着一卷线装书，心悦诚服地在一旁欣赏。给人的印象是古人手不释卷，连喝茶听琴时都不忘用功。

左侧（也就是西侧）是李清照和赵明诚的卧室，也是摆着一张大床，床上叠着几床被子，要比李清照在青州的卧室齐整一些。床底下放着一个水壶和一个塑料脸盆。屋里还有两个暖水瓶，一个电暖气和一把躺椅（上面还铺着棉垫），衣架上挂着几条毛巾，估计服务员平时就在这里休息。

《李清照年表》载：宋神宗元丰七年（1084）李清照生于章丘明水，其父李格非，北宋文章名流。其母王氏，状元王拱辰孙女，亦善文。六岁时随父母移居京师。宋徽宗崇宁二年（1103）九月庚寅，诏禁元祐党人子弟居京，李清照返回原籍，看到院子里的大葱已经长到一米多高。宋徽宗崇宁三年（1104），李清照二十一岁，时返原籍，时返汴京。宋徽宗崇宁五年（1106），李清照二十三岁，由原籍返汴京，据信从此就没再回过章丘。

从李清照故居出来，又在园子里转了转。老李伸手指给我看一片水域，说这就是百脉泉。它面积相当于后海，水中间的堤岸上有几座桥，岸边种着芦苇。再往前走几步还有一处墨泉，泉眼突突，冒出的泉水是墨玉色的。漱玉泉则是用一圈水泥栏杆围着，李清照的《漱玉词》或许就是在此得到的灵感。据说章丘有十座水库，估计有的水库的水就是泉水。

章丘以前是县级市，2017年并入济南，变成了济南的一个区。济南七十二泉，章丘就占了好几个。但章丘也不吃亏，就拿火车站来说，现在的章丘火车站就是一个小县城的火车站，只有一个小窄条的候车室，顶多能容纳200人，中间还加了个隔断，窗户上还装了铁栅栏，看上去就像个临时收容所。2018年，新的章丘北站就要建成通车，到时候章丘到济南到青岛的时间便会大大缩短。

最早在北朝之际始见章丘之名，其来源可追溯至女郎山和阳丘地名。汉代有阳丘国，北齐天宝七年改置高唐县。隋代开皇十六年改高唐县为章丘县，元代县治迁至绣惠镇，但章丘县名一直延续至今。洛庄汉墓便位于章丘市枣园街道办事处洛庄村西约一公里处，而危山汉墓则位于章丘西侧，东平陵城之南。想要了解章丘更早的历史，那就要去城子崖博物馆，可惜这次没有时间了。

开芳宴

来章丘前查资料,看到一则消息,白脉泉公园西侧的明水老城,在城市改造过程中,意外挖出一段古城墙和城门遗址。城墙两侧由青砖砌成,这段城墙遗址属于当年古城小西门至西门段的城墙。城门为西南侧哨门遗址,哨门也叫稍门,古时用于防御,只能走独轮车。整座古城呈龟背形,人们还在城墙上发现一棵枣树。

老李没听说过古城,于是打电话四处打听,然后把车开到明水边上一个叫白泉的小镇。老李说百脉泉是在明水的中心,白泉镇是在明水边上,挖出来的古城应该就在这儿。虽然不能确定这就是我要找的地方,但城墙建在城的边上没有问题。镇上光秃秃的没有人家,只有一个城门楼,过道上铺的石头有些年头。再往前走就是一片翻建的古代民居,可能是以前村子的面貌。不远的山脚下隐约能看到一段古城墙,但是车开不过去。

我围着民居转了转,感觉城外的风比城里大。

时间已经到了下午两点,老李说带我到一家吃煎饼卷大葱的厚苑餐馆。老李说章丘大葱好,是因为沙质的土壤适合大葱生根。不过,老李强调,不是章丘所有的大葱都好吃,只有绣惠镇和宁家埠两个镇的大葱最有名,另外,刁镇的大葱也还可以。同样的种子,在别的地方就长不好。我问老李,章丘是不是有一米高的大葱,老李说一米高不算什么,还有两米高的大葱呢。我说两米高的大葱都可以打篮球了,老李可能没听出我的玩笑,没接我的话茬儿。到了煎饼卷大葱餐馆,服务员说厨师下班了,要吃只能晚上来。老李跟服务员商量,就简单吃一点儿,服务员的回答客气又坚决,简单吃也不行。我们只好进城找其他餐馆。

通过聊天,我这才知道老李原来是开饭馆的,炒了二十八年的菜,尤其擅长做鸡和鱼,是蓝翔1983年第一批学员。我问他怎么不干了,他说干烦了。他2009年开始开出租车,之前在公社干会计时就有本子。看我一直看手机,老李夸我这个岁数还不花眼。之前他问我多大岁数了,还问我退休金能拿多少,我说一个月大概一千块钱吧,他听了一愣，连说不多，一个月一千块钱不多。

过了一会儿，老李又问我孩子多大了，我说我没孩子。老李又问，老婆怎么没跟着来，我说在家里看狗。老李问我大狗还是小狗，我说大的小的都有。然后，老李问我在北京住在什么地方，我说木樨地。他说以前到北京去过，木樨地再往西就是公主坟，包钢驻北京办事处也在木樨地附近，他以前去那边谈过业务。老李说他有两个女儿，二女儿就在北京工作。有一年夏天，老李去北京看女儿，还专门去北海划船。北京的水不大，老李后来总结。

后来我们在美食街找到一家烧烤店，也有炒菜。我们点了一个刀鱼烧茄子（所谓刀鱼其实就是带鱼，不知道李清照在镇江见到真正的刀鱼时做何感想），一个花椒鸡，一个肉皮炒韭黄（肉皮是熟的）。我点了一个馒头，这家餐馆没米饭，要吃得现蒸。老李说他不饿，不吃主食。问他爱吃馒头还是米饭，老李说他不爱吃米饭，每次只能吃六分饱，而且胃里还会泛酸水。只要是面食他都爱吃，馒头、烙饼、面条、饺子都行。老李说饺子蒸着吃比煮要好吃。问他蒸饺是不是必须烫面，他说不必，普通的发面就行。问他速冻饺子行吗，老李说速冻饺子也能蒸，不过速冻饺子不如自家包的好吃。老李说他包饺子一绝，一小时能包一千多个。老李还说现在咱们就算认识了，下次来章丘来家里吃，两个人还能喝点儿，这次只能以奶代酒了（我们点了两盒乳酸菌）。

我看到餐馆里卖百脉泉、清照酒，价格从几十元到三五百元不等，老李说这酒就是当地产的。问老李酒量如何，老李说他一次能喝三四两，状态好时能喝半斤，当然都是在晚上不开车时喝。问他也是喝百脉泉或清照酒吗，他说他喜欢喝当地产的八元一斤的散酒，还有二十元一斤的原浆，因为太贵不敢经常喝。他说他一天一包多烟（抽十多元一包的南京，抽不惯将军，因为将军太冲），加上酒钱，再说喝酒不能空嘴喝，还得有下酒菜，老李说他喜欢吃又一斋的猪头肉，这么算下来，一个月的负担也很重。老李又说，一会儿去火车站会路过百脉泉酒厂，到时候可以停下来看看。

章丘博物馆里有一组砖室壁画，描绘的是开芳宴的情景。据记载，开芳宴是一种家庭宴会，有夫妻宴饮和乐舞场面，以此显示家庭和睦、夫妻恩爱。宋元时期砖雕壁画墓中，开芳宴图是常见的题材，一般表现为夫妻对坐宴饮的形式，旁有侍者，有的还刻画乐舞场景，以表达墓主人对生前生活的留恋。

▲ 附注：宋朝人对鱼类已经有了相当的认识，沈括在《续笔谈》中说到过河豚：吴人嗜河豚鱼，有遇毒者往往杀人，可为深戒。据《本草》："河豚味甘温，无毒，补虚，去湿气，理腰脚。"因《本草》有此说，人遂信以为无毒，食之不疑，此甚误也。《本草》所载河豚，乃今之鲔鱼，亦谓之鲵鱼，非人所嗜者，江浙间谓之回鱼者是也。吴人所食河豚有毒，本名侯夷鱼。《本草注》引《日华子》云："河豚，有毒，以芦根及橄榄等解之。肝有大毒。又为鲵鱼，吹肚鱼。"此乃是侯夷鱼，或云胡夷鱼，非《本草》所载河豚也，引以为注，大误矣。《日华子》称又名鲔鱼，此却非也，盖差互解之耳。规鱼，浙东人所呼。又有生海中者，腹上有刺，名海规。吹肚鱼，南人通言之，以其腹胀如吹也。南人捕河豚法，截流为栅，待群鱼大下之时，小拔去栅，使随流而下，自相排磨，或触栅则怒，而腹鼓浮于水上，渔人乃接取之。

北宋 范宽
雪景寒林图

相国寺

相国寺前身相传为北齐建国寺,创建于天保六年(555),其后废置,至唐时为汴梁小吏郑审宅园。由僧慧云发现奇迹(城中有异气),募缘重建佛像,得到君主支持立寺,因而闻名于世。关于僧慧云发现圣迹与睿宗继位的关系,朱天麟《祥符县志》中有详细记载。

睿宗时的大相国寺经过一番粉饰,除以匠工王温为佛像铺金外,也加入其所绘的精妙彩画。历经睿宗至玄宗期的扩展,寺院文物灿然。唐代的相国寺俨然一座佛教艺术馆,皇帝御准绘画的画像,正循人物不同故事,编成佛教当中的人神谱系。

五代以来,相国寺成为民众游历的名胜古迹。到了宋代,文人相继在相国寺的殿廊上留下不少壁画碑刻。世人受佛画变相地狱观念的熏陶，在宋人笔记小说的记叙里，相国寺往往成为经历神怪、福祸的代表。

汴河自西而东的流向，使相国寺以南成为河道必经之处，汴河经相国寺穿过罗城的角门子，再向第三重外廓的东南隅流出，物资流通便利。加上市庶入寺参拜、游园等活动，相国寺逐渐演变成消费市场，也就是所谓的瓦市。《东京梦华录》卷三载：相国寺每月五次开放，万姓交易，大三门上皆是飞禽猫犬之类，珍禽奇兽，无所不有。第三门皆动用什物，庭中设彩幕露屋义铺，卖蒲合、簟席、屏帏、洗漱、鞍辔、弓剑、时果、脯腊之类。近佛殿，孟家道冠王道人蜜煎，赵文秀笔及潘谷墨，占定两廊，皆诸寺师姑卖绣作、领抹、花朵、珠翠头面、生色销金花样幞头帽子、特髻冠子、绦线之类。殿后资圣门前，皆书籍玩好图画及诸路罢任官员土物香药之类。后廊皆日者货术传神之类。

米芾在《画史》中记载了这样一件发生在相国寺的书画交易：范大珪字君锡，富郑公婿，同行相国寺，以七百金常卖处购得雪图，破碎，甚古，如世所谓王维者。刘伯玉相值，笑问买何物，因众中展示，伯玉曰："此谁笔？"余曰："王维。"伯玉曰："然。适行一遭，不见，岂有所归乎？"余假范，入持之良久，并范不见，翌日去取，云已送西京背。

同行梅子平大怒曰:"君证也,可理于官,岂有此理!"余笑曰:"吾故人也,因以赠之。"今二十年矣,范卒已十年,不知所在。(见《全宋笔记》第二编·四)

李清照跟赵明诚结婚后,俩人也经常一起去逛相国寺的书画摊儿。李清照后来回忆,因为俩人当时手头没多少钱,常先到当铺典质几件衣物(一看就是打算捡漏)。其实一开始,俩人就是在相国寺元宵节灯会上认识的。

观灯是汴京每年最热闹的一项活动,旧例上元节观灯只有三日,到了宣和年间,元宵节的规模更为盛大。冬至一过,开封府便绞缚山棚,在宣德楼对面立木,游人齐集于御街两廊之下,奇术异能,歌舞百戏,从腊月初一一直到正月十五日夜方止。平时宅在家里的妇女也会在元宵节期间出门赏灯,也顺便观赏男人。

话说元宵节这天,赵明诚与李清照从兄李迥外出游玩,在相国寺赏花灯时与李清照相识。因为是在晚上,俩人的长相可能都没有看清。但赵明诚早就读过李清照的诗词,本已赞赏不已,此时一见果然文如其人,便产生了爱慕之意。

赵明诚回去后,便以"言与司合,安上已脱,芝芙草拔"的字谜方式,委婉地向父亲赵挺之谈及此事。赵挺之不明就里,以为这字谜是儿子从庙会上看来的。他绞尽脑汁想了三天三夜,终于恍然大悟,言与司合,乃词字也;安上已脱,乃女字也;芝芙去头,乃之夫二字也。词女之夫,原来儿子要娶的是个女词人,不过这个圈子兜得也忒大了。

于是,赵挺之派人到李清照家求亲。这一年为宋徽宗建中靖国元年(1101),李清照十八岁。是年,李清照和赵明诚在汴京成婚。赵明诚二十一岁,尚在太学做学生。

马受惊

一直不太喜欢《清明上河图》，觉得它是小人书的水平，而且画面过于密集嘈杂（当然，我也不喜欢文人画）。后来才知道，这幅画是画给徽宗看的，作为天子，徽宗没机会来这么市井的地方与民同乐，经常看看这幅画，就当是微服私访了。

对于这幅画，存在着各种解读，有人根据画面上一匹受惊的马和一艘要翻的船得出结论，帝国的大厦将倾。还有人在赵太丞家的门庭里，看到了中国第一把直背交椅。更有甚者，认为画中824个人物，每人都有名有姓，他们当中有大辽和西夏的间谍，有来自高丽的密使，还有官吏、细作和杀手，他们共同卷入了一场导致大宋灭亡的阴谋之中。想不到一幅风俗画，居然包含着如此多的密码（照后来的话说，就是这个画家非常有想法）。但是这些想法皇上要是知道，不把画家杀头，皇上自己也会觉得烦死了。从这个角度讲，认为张择端是南宋人，甚至是金人是有道理的。

清明上河园就建在黄河的边上，据说是以《清明上河图》为蓝图建设的。这本是题中应有之意，张择端本来就以绘制建筑、舟车、街市、桥径等见长（主要是尺寸比例什么的），放大多少倍就是实物。如果换到现在，他也应该在建筑公司做设计，而不是在宫里当一个二流画匠。

上次来清明上河园大概有十好几年了，而且进园的时候已经是下午四五点钟了，斗鸡表演已经结束，有几家食坊正在收摊。卖的都是一些开封的小吃，诸如灌汤包、花生糕、莲花酥之类的。在一个拐角，一个杂技艺人踩着高跷从我身旁经过，还没等我回过神来，另一个艺人突然开始喷火（我还以为谁家的煤气罐着了呢，这个情景后来经常出现在我的梦中），感觉妖魔鬼怪即将登场。

听说清明上河园后来又增加了不少游乐项目，诸如"岳飞枪挑小梁王""东京水上保卫战"等。

东京水上保卫战，讲的是靖康元年（1126）金兵入侵汴京，时任京城四壁守御使（大概相当于现在的卫戍区司令）的李纲如何率军民抗击金兵。一开始金兵用火船强攻，李纲指挥士兵用挠钩钩住火船，从城楼上投掷大石块，将火船砸沉。金兵用云梯攻城，李纲命令士兵用火烧毁云梯，用箭射杀金兵。顿时，水面上炮火齐鸣，喊杀连天。金兵最后溃不成军，狼狈而逃。

我觉得东京水上保卫战，是一个典型的报喜不报忧的故事。徽宗本来已将皇位禅让给太子赵桓（宋钦宗），自称太上皇，并带着两万亲兵跑到南方去避风头（对外说是烧香）。听说打了胜仗，都到了亳州了，于是半路又折返回来。很快，宫中的主和派又占了上风，李纲被革职。李纲的功过自有公论，不过这让我留意到一个现象，历史上主战的都是英雄，主和的都成了罪人。

又过了半年，靖康元年八月，金太宗再次命东、西两路军大举南下，宋兵部尚书孙傅把希望放在士兵郭京身上，郭京谎称身怀佛道二教之法术，妄以道门"六甲法"以及佛教"毗沙门天王法"破敌。但神兵大败，金兵分四路乘机攻入城内，金军攻占了汴京，徽、钦二帝被俘。这期间还发生了这样一件事情，开封陷落后不久，金人命令宋朝交出当时只有七虚岁的太子赵谌，枢密院同知兼太子少傅孙傅密谋找一个长相酷似太子的孩子杀了，把尸体交给金人，但未能成功。

抗金英雄岳飞枪挑小梁王的故事，很多人都听说过（很早就出过小人书），就不在这里重复了。这个游戏的看点，估计是让游客了解古人如何在马上比武，虽然所谓的比武不过是花架子、瞎比画，跟现在的武术差不多。

看到一个朋友悉达不多在微信上讲，前些日子他去清明上河园玩，误入一处叫大宋惊魂的房间，一进屋就看到床单在蠕动，有干尸不断从棺材里坐起来。还有一个有钱能使鬼推磨的游戏，投钱就能推磨流血。说是免费体验，到头来还花了不少银子。后来又看他发微信说，自从误闯鬼屋后，好像鬼上身了，很想把它咳出来。

其实宋朝人对惊悚题材并不陌生，南宋李嵩画过一幅《骷髅幻戏图》（应该是团扇的扇面），画面中一个大骷髅席地而坐，用绳子在操纵一个小骷髅。这是宋代市井木偶表演形式之一种，叫悬丝傀儡演出。有趣的是地上趴着一个幼婴，他不知恐惧伸手去够骷髅，幼婴背后应该是他姐姐，张开手臂试图抱起幼婴。

清明上河园的鬼推磨游戏可能之前就有，只不过我没注意错过了，不然真想看看鬼是怎么推磨的。当时门票多少钱一张也记不住了，应该也不太便宜（当地朋友请的），听说现在的门票也涨到一百二十元一张。

由于长年的泥沙淤积，黄河开封段的河床居然高过开封城地表十米之多，所以黄河又称为悬河或者天河。据《续墨客挥犀·卷四》载：祥符中，黄河急流中，忽出一人手，大数尺，上题八人姓名，皆当世达官也。是岁，八人者皆死。

参观完清明上河园，我们在街边找了一家餐馆吃饭，好像还点了黄河小河虾，还有一种花斑裸鲤，喝的是河南产的辣酒。吃着吃着，突听得一阵巨大的声响，黄河汹涌着从我们的眼前奔腾而过（有几层楼高），从未见过如此壮观的末日景象，似乎人包括方圆数公里的建筑，在一秒钟之内就会被吞噬。

骨偶记

说到惊悚，忍不住要讲三个灵异故事，都是从宋朝的笔记中看来的。

第一个叫《骨偶记》（名字就够吓人的，这种故事断不敢在夜间读），原文就不抄录了，说的是京师一个名叫胡辅的人，父祖兄弟都在朝廷里做事。胡辅的老婆生了一个女儿，名字叫胜金，年方十四，精神婉丽，举动端雅。父母疼爱她，胜过疼爱家里其他的孩子。

一天，胜金正跟母亲吃饭，突然放下饭碗走到屋里，好像低声在跟什么人说话。母亲把她叫出来，问她在跟谁说话，胜金笑而不答，母亲为此疑心重重。当天夜里，胜金就病了，半夜，父母听见她好像又跟什么人在交谈，母亲蹑手蹑脚走到门口想听个究竟，但完全听不清女儿说的是什么。第二天，见胜金的病好了一些，母亲便责问她到底发生了什么事情。胜金有些难为情地告诉母亲，五妳昨晚来找我，让我嫁给宋二郎。母亲听了大为惊恐，五妳是胜金小时候的奶妈，已经死了多年。宋二郎跟胜金年龄一般大，小时候就死了。

又一天，胜金正在刺绣，突然起身进到房间，母亲连声喊她，胜金说："五妳马上就把宋二郎送来了。"说完，又病倒在床。找来巫禁救治，各种办法都不管用。母亲在一旁照看，胜金伏在枕头上，昼夜昏昏似睡，就像是耳边有人跟她说话。胜金不吃东西，只服汤药，很快瘦得皮包骨头，整天躺在床上。这天，她突然坐起来，跟母亲说："我知道宋郎近期就会来接我，他喜欢我化得浓艳一些。"于是家人为她梳妆打扮，胜金又要求穿上新衣服，偃卧乃死。全家人哭成一团，她的父母更是伤心欲绝。

另一个故事是《吴大换名》，说的是一个名叫吴大的人，在虹飞桥下卖鞋。邻人王二叔以掌鞋为业，两人平时处得很好。一天，王二叔跟吴大说："我有一个闺女，嫁给你儿子吧。"吴大说："好啊。"于是王二叔的闺女便跟吴大的儿子成了亲，然后王二叔就死了。

到了第二年，吴大收摊晚归，看到王二叔自东而来，两人碰了面，来到一家街边小店喝酒。吴大问王二叔："亲家翁不是已经挂了吗，干吗又与我相见？"王二叔说："对，你说得没错。承蒙你看得上我女儿，我在阴曹地府里十分感激。今天来这儿，是想告诉你，现在我专门负责这座桥，明天桥下要死五十三人，亲家翁您是其中之一。所以特别通知你改一个名字，明天千万不要上桥。"王二叔说完，便出门不见了。

第二天一大早，吴大去衙门改完名字，便来到虹飞桥边一直等到午后，也没发现有任何异常。吴大正准备离开，桥突然塌了，被砸死的不多不少，正好五十三人。

第二个故事虽然看似不如头一个故事吓人，但细思恐极（呵呵，平时好烦这个词）。

第三个故事是《蝘蜓两首》：余友人张德夫尝夜观书，有蝘蜓误跃入灯盏中。视之，有两首。未几，德夫卒。大意是说，有个叫张德夫的人在夜间读书，有只壁虎误入灯盏中（估计立马就被烫死了），一看，这只壁虎长着两个头。没过多久，这个叫德夫的人也死了。（见《续墨客挥犀·卷四》）

▲ 附注：《鬼董》中一则是讲转世为猫的。杭

州有个叫眼大郎的艺人生病，梦见有人从头到脚给他盖了一床带字的被子，而且用绳子捆上，他奋力挣脱也无济于事。眼大郎病得越来越重，后来就死了。数日后，眼大郎给家人托梦，说："前梦文衾为大不祥，今生为猫，黄质而黑章，在沙皮巷某人家。"眼大郎的儿子赶紧跑过去一看究竟，果然像他父亲说的那样，不由得哭了起来。他跟猫主人提出把猫买回家，猫主人不干。儿子呼唤眼大郎的名字，那猫"则仰视而俯膺（应）"。

《鬼董》五卷，鲍廷博据元泰定间钱孚跋语，以为宋孝、光时沈某著。其实书中有理宗绍定年号，似为宁宗、理宗时较妥。据钱孚跋，时为抄本，直到清代中期才由鲍氏收入《知不足斋丛书》，刻印流传。

一
鈞窰月白釉出戟尊

独赴召

赵明诚是在赴任湖州的涂中（古人涂途不分），冒大暑，感疾死在建康。李清照在《金石录后序》中回忆说，赵明诚将"过阙上殿。遂驻池阳，独赴召。六月十三日，始负担，舍舟坐岸上，葛衣岸巾，精神如虎，目光灿烂射人，望舟中告别"，一副回光返照的样子。他还嘱咐船上的李清照，如果途中遇到情况，"必不得已，先弃辎重，次衣被，次书册卷轴，次古器，独所谓宗器者，可自负抱，与身俱存亡，勿忘也。"遂驰马去。

这一切后来看，都不是什么好兆头。自古以来，官员去别处任职是寻常事，干吗要交代得那么详细，甚至说出了与身俱存亡这种不吉利的话。

很多人为赵明诚鸣不平，认为赵明诚是被李清照折腾死的,主要证据是,赵明诚的才华不行,处处被李清照压着。再有就是赵明诚的酒量不如李清照大,如果李清照一次能喝一斤,赵明诚顶多喝二两,弄得妻子很不尽兴。这还不算,据《清波杂志》卷八载:到了江宁后,李清照雪日每登城远览以寻诗,还戴着斗笠穿着蓑衣(把自己穿得暖暖和和的),得句必邀其夫赓和,明诚每苦之也。

其实不光是诗人,宋代的画家也对雪景有着异乎寻常的兴趣,范宽的《雪景寒林图》,王诜的《渔村小雪图》,梁楷的《雪景山水图》,夏圭的《雪堂客话图》以及马远的《寒岩积雪》和《晓雪山行图》等,便是证明。也许是大自然一片凋敝的景象,暗合了那个时代文人内心的审美追求。有意思的是,雪景中的山普遍要比平时陡峭(可能是我的错觉),而当年画家画雪景的时候,往往采取往画上吹铅粉的方法。但它只能得到一时的效果,时间一长,比如过了几百年后,白颜色中含的铅粉便会出现返铅的现象。

另外,赵明诚的处境确实令人同情,江宁扼守着通往建康的水上要道,从汴京南下的宗室都安置在这儿。面对金兀术的大兵压境,身居守城要职的赵明诚,无论如何都难有吟诗作画的雅致。但这也不应该成为李清照的一条罪状,如此说来,李清照之前写过的很多跟天气有关的诗句,比如昨夜风疏雨骤,比如薄雾浓云愁永昼,比如恨潇潇无情风雨,种种恼人天气等,岂不都是以牺牲赵明诚的健康换来的?

实际上从"冒大暑,感疾"这几个字看,赵明诚死于中暑(也有一说是死于疟疾),而在当时,并没有治疗这病的特效药。所以宋代有所谓的瘴病一说,主要说的是在湿热地区发生的各种病症,轻则忽冷忽热、呕吐头疼,重则失语昏迷乃至死亡。说来说去,就是北方人对南方的生活不适应。刚到南方的时候,连李清照也抱怨"点滴霖霪。愁损北人,不惯起来听"。赵明诚去湖州赴任时正值六月中旬,正是南方开始燥热的时候。加之赵明诚急于赶路心火旺盛,感疾也就不足为奇了。

不管怎么说,赵明诚反正是死了。而且死后还被人写了一笔。据王学初云,说赵明诚在江宁知府任上,竟做出了一件上不了台面的事:"谢伋携唐阎立本画《萧翼赚兰亭图》过江宁,明诚借去不归。谢伋字景思,上蔡人,谢克家之子(谢克家与赵明诚为中表),著有《四六谈麈》。此事见宋施宿《嘉泰会稽志》卷十六,桑世昌《兰亭考》卷三所载吴说跋,跋长不录。据吴跋:此图乃江南李后主故物。周谷以与其同郡人谢伋。伋携至建康,为郡守赵明诚所借,因不归。"不过还是宁可相信赵明诚的为人，他要是不死的话，肯定会把这幅阎立本的画还给人家。

再有就是罢守江宁，史料对这段大多语焉不详，似乎有意为赵明诚开脱。大多只是说建炎二年（1128）九月，赵明诚接替死于建炎元年七月的翁彦国起知江宁府，但于次年三月被罢免，因为他在御营统制官王亦的叛乱前夜，与通判府事朝散郎毋丘绛、观察推官汤允恭弃城而逃。

其后绛、允恭皆抵罪，但是在同年五月，赵明诚被重新任命为湖州知事。从处理情况看，朝廷还真是宽宏大量（可能是顾不得这许多了），没把赵明诚弄到山西煤矿去挖煤，或者发配到海边某个无人小岛上去喂蚊虫。（见《建炎以来系年要录·卷二十》）

从李清照这边的角度讲，她对老公的死是有预感的，不然不会在跟他分开之后写下"天上星河转，人间帘幕垂"这么黑色的诗句。从这首《双调南歌子》的创作时间分析，应该是在李清照独自回到池阳以后，也是赵明诚出事前，李清照写的最后一首词。此时的赵明诚还在赶往湖州赴任的途中。

李清照在七月末，得到老公卧病的消息，遂解舟，一日夜行三百里（江宁至建康不过一箭之遥），赶往建康探视。

八月十八日，赵明诚卒于建康，也就是说，李清照赶到建康时，赵明诚还没死，李清照还有给老公端茶倒水的机会。李清照想起来，赵明诚赴任的时候，头上还戴着花，如今这花还在，不过已经枯萎了。可以想象一下当时的情景。昏迷多日的赵明诚醒来，看到服侍在床边的李清照，便问，江宁如何了？李清照如实回答，失守了。赵明诚又问，宗器呢？看到李清照吞吞吐吐，还没等她回答，赵明诚一口气没捯上来，便撒手归天了。其实李清照之所以没马上回答，是因为边上有人，她不想让这些人知道宗器的下落。李清照为此一直后悔不迭，早知道说个"还在"不就完了吗。

老公死后，李清照写诗时再也没人跟她赓和，喝酒、喝茶也没了伴侣，于是便开始"寻寻觅觅，冷冷清清，凄凄惨惨戚戚"了。而建康，也就是今天的南京，则永远成了李清照的伤心之地。

清明上河图（节选）

老中医

北宋天圣五年（1027），宋仁宗赵祯让王惟一做了两个针灸铜人。王惟一做过尚药御奉（正五品下，掌合与御药及诊候方脉之事），对针灸很有研究，著有《铜人腧穴针灸图经》一书。铜人于正统八年（1043）才做好，由青铜冶炼而成，形象为直立青年男子，上半身裸露，下半身穿着服饰，胸背前后可以开合，里面还有浮雕脏腑器官。铜人是为了练习针灸做的，上面标注十四条经络以及三百五十四个穴位，扎针之前先要把铜人涂一层蜡，而且还要穿上衣服。穴位扎准了"针进而水出，如果有误则针不能入"（如果换成现代科技，铜人还会说好疼好麻之类的）。

铜人制成后，一件放在翰林医官院，一件放在大相国寺人济殿中，现在的大相国寺还存有针灸图石壁堂刻石。

没过多久，铜人就被金人惦记上了，他们曾经以索取铜人作为一项议和条件，后来有一件还是被金兵掠走了。再到后来，两件铜人均下落不明，据说有一件在日本东京博物馆（不过尚有争议）。现在的国博和故宫各有一件针灸铜人，但都是明清时期制作的。因为不想排长队没完没了接受安检，就没去看。

周密的《齐东野语》对宋朝的针灸铜人也有过记述："又尝闻舅氏章叔恭云：昔倅襄州日，尝获试针铜人，全像以精铜为之，腑脏无一不具。其外俞穴，则错金书穴名于旁，凡背面二器相合，则浑然全身，盖旧都用此以试医者。其法外涂黄蜡，中实以水，俾医工以分折寸，按穴试针，中穴则针入而水出，稍差，则针不可入矣，亦奇巧之器也。"（见周密《齐东野语·针砭》）这里说的针，就是针灸的针。

我曾经就针灸铜人请教过陈飞。陈飞年纪不大，在一家杂志社工作，之前学过中医，据说有行医执照，所以我们都管他叫老中医。平时吃饭，他还喜欢给朋友（特别是女的）号号脉捏捏颈椎什么的。不但如此，老中医在他四十多岁时，吃自己配的药方，生了一个儿子。关键是老中医会针灸，我有一年初春因为感冒，导致嗅觉失灵，试过很多办法（比如用凉水洗脸、迎风吃大葱等），都不起效果，最后还是老中医扎针扎好了。

老中医说学习扎针，一开始主要是练习指力，就是在一沓（大约两寸多厚）纸上，用针在上面慢慢捻，直练到给病人治疗的时候，一针就能扎下去。针扎到真皮层时最疼，因为神经末梢主要在这层，如果扎半天扎不进去或者找不到穴位，能把病人疼死。老中医说练习扎针的时候，没有用过针灸铜人，都是同学之间互相扎，也有在自己身上练习的。除了要找准穴位，还要掌握用力，比如不能让针断在肉里。

民国年间有个叫金针王乐亭的，曾经六寸金针治疗淋巴结核（中医叫瘰疬）。老中医说，在抗生素发明普及之前，结核就是绝症，而且还传染，发病率很高。中医认为人有四大绝症：风、痨、蛊、膈。痨就是结核。最有意思的是王乐亭的所谓金针就是用黄金做的，金针不同于钢针，扎的时候需要另外一番拿捏。我记得"文革"期间（还是之前）曾经用针灸治疗聋哑人，主要就是扎哑穴，这个穴位过去记载为禁针，不能轻易扎，估计那时候的赤脚医生也是豁出去了。据说当时有人把被扎好了的聋哑人组织起来，让他们唱《千年的铁树开了花》和《大海航行靠舵手》。后来又过了一段时间突然不宣传了，据说扎出了问题。

老中医说人的危险穴位主要是胸腹部位以及脊柱和脑后，因为是在重要的脏器和延髓、脊髓附近，除了截瘫外，胸腹部扎不好会导致气胸，危及生命。

针和灸是分开的，北方用灸，南方用针。过去古人有九种针，功能不太一样，现在主要用其中的毫针。《内经》中说明针灸的起源：北方者，天地所闭藏之域也。其地高陵居，风寒冰冽，其民乐野处而乳食，脏寒生满病，其治宜灸焫。故灸焫者，亦从北方来。南方者，天地所长养，阳之所盛处也。其地下，水土弱，雾露之所聚也。其民嗜酸而食胕，故其民皆致理而赤色，其病挛痹，其治宜微针。故九针者，亦从南方来。

过去针都是反复使用，现在的针基本上都改成一次性的，因为针消毒费时费力，成本更高。如果没消毒好，还会造成感染。

我又请教老中医，后来历朝历代都做过针灸铜人，比如嘉庆年间就做过男女和儿童的针灸铜人（都是裸体），那么，男女的穴位是否有不同的地方。老中医说，男女（包括儿童）身体上的穴位完全一样，生殖器上没有穴位（即便有也不会轻易扎）。历朝历代之所以都做针灸铜人，主要是为了对之前标注的穴位做出修正。

其实宋代针灸铜人并不是最早的针灸教学模型，2013年在成都老官山汉墓出土过一件经络漆木人，身上也是标注着很多穴位（可惜没扎着针），同时出土的还有大量医书竹简，据说是敝昔留下来的医方。这是一个了不起的发现，因为敝昔就是扁鹊。传说扁鹊是战国时期的老中医，鸟首人身，会做心脏移植手术，让很多患者起死回生，但一直缺乏考古方面的证据。现在看来，扁鹊还真是确有其人。

路线图

古代交通路线多是因山川河流等自然条件的便利之势而成，不易改变，故一些交通干线多为历代所沿袭。唐代的几条陆路交通干线在宋代依然沿用，南方地区尤其如此。

南方古代陆路干线以南北走向为主，若以都城为起始点，在唐代就形成了几条主要路线，其中一条为洛阳东行至汴州，循运河东南行，经杭州而至福建、岭南道。此路线先从洛阳向东出发至汴州，然后沿汴河堤岸东南行，经宋州（河南商丘）、宿州、泗州（江苏盱眙北）至扬州，再自扬州至润州（江苏镇江）循江南河而行，经常州、苏州而至杭州。杭州有通往越州（绍兴市）和明州（宁波市）之道路。自杭州向西南循钱塘江陆行，至睦州（建德市东）再南行至婺州（金华市）。然后分为两线，一自婺州南至括州（丽水）而至温州；

二自婺州西行至衢州。自衢州再分为二，由衢州南行至建州（建瓯市），东南行再至福州，自福州西南行再到泉州和漳州。由衢州西行，经信州（上饶市）至洪州（南昌市），然后循赣水向南经吉州、赣州，越大庾岭而至广州及岭南各地。另外，自信州也有路通往建州（见曹家齐《宋代南方陆路交通干线沿革述考》）。

李清照去南方的路线可以分为两段。头一段高宗建炎元年（1127）四月，金军俘徽宗、钦宗北去，北宋亡。这年八月，赵明诚起知江宁府，兼江东经制副使。是年冬，李清照载书十五车（应该是从青州出发，经没经过大槐树就不知道了），至东海，即改由水路连舻渡淮至楚州，又取道运河南下，因为这样走最便利，于翌年春天由镇江至江宁，经池阳（安徽贵池）又回到建康（南京）。

这件事乍看有些令人费解，因为江宁就在建康，赵明诚一家已在池阳定居，为什么李清照要大老远再折返回来赶往建康呢。想必是跟赵明诚在建康卧病有关。

处理完老公的后事，又由建康赴洪州，投奔赵明诚妹婿李擢。不料当年十一月，金人陷洪州，李清照不得不带着所剩书籍器物，继续南逃，开始了南方路线的第二段。

没有搬家公司，赵明诚又不在了，这趟旅行的意思就差多了。好在宋代水陆交通线已是纵横交错,四通八达,加上身边跟着亲属以及丫鬟什么的,李清照一行虽然辛苦,却也没到逢山开路遇水搭桥的份儿。

建炎四年(1130)春,李清照流徙浙东一带。"到台,台守已遁,之剡。出陆,又弃衣被。走黄岩,雇舟入海,奔行朝,时驻跸章安,从御舟海道之温,又之越。"

《李清照年表》:李清照追随帝踪,希图投进,先后经越州、明州、奉化、嵊县、台州,自黄岩雇舟入海。是年正月,至章安镇。二月,随御舟至温州。后或有经三山(福州)往泉州之想,故有《渔家傲·天接云涛连晓雾》之作。

就是说,李清照带着几大车文物,追高宗追了一路。建炎三年十二月十五日,当她追到明州也就是宁波海边时,看到高宗的楼船正离开港口,驶向大海的深处。舟楫有限,李清照当然无法再追下去,所以才回头改走陆路,一直追到章安才追上。这一路确实不容易,金兵沿着高宗的逃跑路线紧追不舍,经常是高宗前脚走,金兵后脚就到了。李清照夹在两者中间,处境可想而知。就连随行的人也实在看不下去,直劝李清照说咱别追了,连金兀术都追不上皇上,咱们能追上吗?

李清照晚年去过的地方不多,估计是折腾不动了。

建炎元年（1130）十一月（也有说十二月），李清照到达衢州。

绍兴元年（1131），李清照赴越。

绍兴二年（1132），李清照到达杭州。

绍兴四年（1134），李清照避乱金华。待了半年左右又返回杭州，后来就没有记载了，说是在杭州设帐授诗。

自杭州至婺州（也就是金华）之路途，大概是沿钱塘江岸而行，经富阳至严州（扬州南），再南行至婺州。另外，从杭州渡钱塘江南行，经萧山、诸暨、义乌，亦可至婺州。但是如果乘坐高铁就另当别论了。而且路线图这种事，费多少话都不如一张地图说得清楚。

▲ 附注1：1129年，高宗的独子赵旉因受到突然惊吓而夭折，年仅四虚岁。高宗心神错乱，自言对床笫之欢已失去兴趣。

▲ 附注2：都知道那金兀术哪里是一般的人，据说，金兀术见一个士兵的妻子漂亮，于是便把那个士兵杀掉，娶了他的妻子，对她宠得不得了。金兀术有一把非常锋利的匕首，睡觉的时候就放在枕头底下。

一天，金兀术刚刚睡下，那妇人便取出匕首要刺他。金兀术惊醒，问："为什么要杀我？"妇人说："你杀了我的丈夫，我要报仇。"金兀术沉默良久，说："我不忍心杀你，再给你找一个丈夫吧。"于是召集诸将，让妇人从中挑选。妇人挑中了一个，于是便嫁给他了。（见庞元英《谈薮》）

东晋 王羲之
快雪时晴帖

去帝尊

李清照到明州（也就是宁波）那天，正是南宋建炎四年(1130)正月，高宗还没出海，她本可以追上高宗的。海面没有结冰，但天气很冷，而南方没有暖气，李清照一路上只好用随身携带的一个暖炉取暖。为了尽快赶到码头，李清照一行不停跟当地人问路，但是宁波人说的话她们一句都听不懂（所谓吴语太湖片甬江小片），为此耽误了不少工夫。

当李清照终于赶到海边，高宗的船队已经扬帆起航。高宗船队巨大的楼船（即所谓水上行宫），就像是一座漂流的岛屿，十分壮观地驶入甬江口，驶向大海的深处（其实这是一种错觉，船队出了定海口，便一路向南了）。值得一提的是，当时的港口并没有灯塔，但李清照仍然看到天空中一道光芒，穿过云层向海面上照射。

在此之前，宋高宗曾经给金人写了封信，表示愿意以"去帝尊"为交换条件，要求金朝停止这种猫捉老鼠的游戏。非常不幸，宋高宗的提议被无情地拒绝了。金兵依然没有停止追击的脚步，宋高宗不得不继续一路狂奔。了解古玉的人都知道，海东青啄雁（或者天鹅）在辽金早期玉器中是最常出现的题材，海东青是北方的一种猛禽，代表辽金，而大雁和天鹅代表中原，在海东青的喙下发出阵阵哀鸣。平定中原以后，海东青出现得就比较少了，取而代之的是一派安宁祥和的春水秋山（或者叫鹤鹿同春）。我手头就有这么一件春水秋山玉雕，鹤在飞翔，鹿在吃草（仙草）。这个时期的玉雕已经开始借用玉的皮壳，而里面的玉芯，则被雕刻成太湖石形状，工艺技术非常复杂。

李清照一行没在明州多做停留，只是在街边一家脚店吃了一顿便饭，顺便烤了烤火，烘了烘衣服。牲口也喝了水，吃了草料。

店家推荐了小海鲜、鲜肉小笼包和荷叶粉蒸肉，以及当地产的杨梅烧酒。饭后，店家又给每人上了一碗猪油汤圆，李清照觉得味道实在难以下咽，尝了一口也就没再吃。这是她头一次吃用猪油做的汤圆，感觉一下就被糊住了。

至于这家小店的招牌菜臭冬瓜和臭南瓜，李清照更是碰都没碰，她搞不明白，好好的食材，为什么都要给弄臭了。

关于当地饮食，资料上说，明州人有在冬至这天吃番薯的习俗，因为"番"和"翻"同音，在当地人的理解中，冬至吃番薯，就是将过去一年的霉运全部"翻"过去。宁波人在做番薯汤果时，还习惯加酒酿。在明州话中，酒酿也叫"浆板"，"浆"又跟明州话"涨"同音，取其"财运高涨""福气高涨"的好彩头。

李清照心想，明州不但饮食怪，就连风俗也怪，比如，各地都是以八月十五为中秋节，唯明州以十六为中秋（据说也是跟高宗有关，中国人一半的习俗，都跟皇帝有关）。李清照本想打听一下具体原因，但一想到又要跟明州人说话，话到嘴边又咽回去了。李清照受不了明州话，不光是听不懂，还因为他们说话时的声音太大，就像是在吵架。乃至有人提议去看一下当地的保国寺，也被李清照以要接着赶路为由拒绝了。一天追不上高宗，李清照心里就一天不踏实，尤其身边还带着这么多宝物。

其实，店家对这一行人也十分好奇，上下来回打量，不知道是什么来头。

李清照一路南下，最后由台州来到黄岩。由于一路颠簸，中途马车还坏了一个辊辘（古代马车的轮子大多用木头制成，没有像现在的橡胶圈，靠插销反铆结构减震），多亏李清照不在车里，否则后果不堪设想。

而后，李清照又在黄岩从一个商人那里雇了一艘大船，入海到了昌国镇（章安），终于见到了在高宗身边陪侍的弟弟李迒，也总算把高宗追上了。李迒当时的职务是敕局删定官，表面上是负责修改审定律令，其实不过是个闲职，宋朝的官僚体制的特点就是闲人多，所有的人都无所事事（据说朝廷鼓励官员不务正业，反而看中他们的个人修行，也就是所谓的兴趣爱好）。

高宗没有接受李清照的"投进"，只是象征性地接受了一两幅字画，同时还过问了《金石录》的校对进度，一切都跟真的似的。

黄岩和昌国镇同属台州，相距不过二十多公里，走水路的话，大概要走永宁江进入台州湾。熟悉当地水文地理的人都知道，永宁江虽然不长，但是中途要拐几个大的急转弯，是真正意义上的山重水复，这一路也不轻松。

宋高宗在正月初二到达台州湾外牡蛎滩，晚泊金鳌山下。

金鳌山为昌国镇一方名胜，山上旧有祥符寺（又称善济院），宋高宗驻跸的地方，至今还设有高宗御座。牡蛎滩在金鳌山之南，清无碍寺《重整五祖讲台碑》载："南眺章安古郡，牡蛎滩如在足下，昔宋高宗航海驻跸于此。"可以作为高宗曾经临幸的证明。"蛎滩返照"是古章安八景之一，每到傍晚时分，在夕阳的映照下，海滩会放射出色彩斑斓的蛤蜊光，就如同五光十色的火苗。

高宗在昌国镇只待了一周的时间。

建炎四年（1130）正月初八，宋高宗乘御舟离开昌国镇，到了江心屿。江心屿位于温州市区北面瓯江中游，呈东西长、南北狭的形状，属于中国四大名屿之一（奇怪的是，在我手头的几本地图册上，却没有标注）。该屿风景秀丽，号称瓯江蓬莱。

高宗是二月初一到的江心屿孤岛，驻跸普寂寺。其间，宋高宗心情稍好，饱览美景外，有时还会跟李清照在一起切磋诗歌。普寂寺院中曾建有翠幄轩、清辉轩、浴光精舍、十力轩等，据说当年高宗就驻跸翠幄轩。

在江心屿驻跸小憩半月，应政和二年（1112）进士薛弼之提请于二月十七日移驾温州。临行前，高宗赐名普寂寺为龙翔兴庆禅寺，奉为宗室道场，并御书"清辉浴光"四字。后"浴光"二字毁，仅存"清辉"，于清光绪间摩勒于石，今仍嵌在江心寺殿东侧壁间。

有学者认为，皇帝跑路并非不光彩，只是稍显狼狈罢了。因为，宋高宗跑出了一个一百五十二年天下的南宋半壁江山。难怪美国学者、纽约州立大学宾汉顿分校历史系教授贾志扬评论宋高宗："宋朝之得以复兴，要归功于赵构的逃跑。"为什么这么说，我个人觉得高宗这次被迫的南逃，首先使他的偏廷看上去更加合法化，其次清理了一些冒牌的宗室。再有就是迫使地方政权对偏廷表示效忠，并且借机清理了一些地方势力。而这一切都要感谢金人，如果不是金人穷追不舍，高宗恐怕一辈子都不会到这些地方。

▲ 附注1：楼船外观似楼，因体形庞大，吃水深，无法在滩涂靠岸，因此在镇海有郑氏泥马渡康王的传说。

▲ 附注2：如果说高宗于建炎三年八月十五日至建炎四年正月一直待在明州，李清照完全有时间觐见，可见她的心情并不如想象中那么迫切。

▲ 附注3：保国寺之前叫灵山寺，建在灵山上，唐武宗时期被毁。

▲ 附注4：前两年在黄岩发掘出赵匡胤七世孙赵伯澐的夫妻墓葬，足以证明赵氏后裔逐渐融入南方的士大夫阶层。

▲ 附注5：驻跸指皇帝后妃外出，途中暂停小住。

汝窰天青釉
三足樽承盤

浑天仪

《宋代地域文化史》（程民生著）一书中，有一章节专门把开封和杭州做了比较：

北宋时的开封会寰区之异味，悉在庖厨，烹饪技术精妙高超，所以开封人很快就主导了杭州的餐饮业。都城食店，多是旧京师人开张，如羊饭店兼卖酒……猪胰胡饼，自中兴以来，只有东京脏三家一份，每夜在太平坊巷口。近来又或有效之者。（见《都城纪胜·食店》）有名的湖上鱼羹宋五嫂、羊肉李七儿、奶房王家、血肚羹宋小巴家，皆当行不数者也，都是南渡的开封人开的店，在杭州当地享有盛名。（见《枫窗小牍》卷上）

开封人讲究饮食器具的干净精致，也为杭州所继承：杭城风俗，凡百货卖饮食之人，多是装饰车盖担儿，盘合器皿新洁精巧，以炫耀人耳目。盖效学汴京气象，及因高宗南渡后，常宣唤买市，所以不敢苟简，食味也不敢草率也。（见《梦粱录》卷十八《民俗》）

宋代开封语言是官话京腔，到了杭州，开封语言仍是官话，在民间更是时髦。从文艺方面看，以说唱艺术最为典型。吴自牧说："说唱皆宫调，昨汴京有孔三传编成传奇灵怪，入曲说唱。今杭城有女流熊保保及后辈女童皆效此，说唱亦精。"（见《梦粱录》卷二十《妓乐》）只是由男声改为女声，更适应南方习性的绵软。

节日方面，如七月七日的七夕节，也是开封遗传。七夕要着新衣、设酒宴、置摆设、馈赠物品等，乃东都流传，至今不改。当晚还有一主要活动是乞巧，即女子通过对月穿针，或将小蜘蛛装入盒内，看其结网疏密，来验证乞得多少巧。

尽管杭州极力在各方面模仿汴京，但仍有很大差距。就拿浑天仪来说，杭州的浑天仪就不如汴京的大和圆。"旧京浑天仪凡四座，每座约用铜二万斤……南渡后，工部员外郎袁正功尝献木样，诏工部折半制造，计用铜八千四百余斤，后不克成。至绍兴七年，尝制作小样。十四年，令内侍邵谔领其事，其一留太史局司天台，其一留秘书省测

验所，皆精铜为之，工致特甚，然比之旧京者，不能及其半也。"（见《齐东野语》卷十五《浑天仪地动仪》）

浑天仪被认为是汉代张衡发明的，它的基本原理是模仿肉眼所见的天球形状，从中窥见到所谓浑天黄道。所以，这玩意儿不是一般人能玩得起的，其稀罕程度不亚于商周时期的青铜鼎。

另外，南宋杭州的宫廷音乐也比北宋开封时严重萎缩。北宋开封有东、西教坊等朝廷乐队，而宋高宗绍兴末年撤销了教坊，宫廷乐队临时借用临安府的乐队，乃至雇用市井之人。其规模之小质量之差，可想而知。

但是，除了开封的汤包要比杭州知味观的包子好吃外，现在的开封跟杭州在其他方面就没法比了，连G20峰会都在杭州开（看了下晚会节目单，通篇强调的是西湖元素、杭州特色和江南韵味），甚至杭州东—北京南的高铁车次，就有一趟是G20。而开封跟北京连高铁都不通（有两趟所谓的高铁，跟动车的速度差不多，不到七百公里的路途，最快要开四个多小时），还不如到郑州中转合适。

覺於十六日
筆。道湯舞
了多高性可消
已燦迦羅
笔少勖
紹興十二年壬戌
十二月十五月眞
陵秦檜叢濴
寒筆凍殊不
能工也

秦桧 深心帖

归来堂

　　李清照纪念馆就在青州博物馆旁边的范公亭公园里，范公就是范仲淹。他老人家于皇祐三年（1051）移任青州，本来就身体欠佳，这里的寒冬加重了他的疾病。就在第二年（1052）调往颍州时，在路途中去世。

　　范公亭公园很大，一进门就可以看到一排共享单车，不收门票。洋溪湖湖面结着一层薄冰，湖心有几丛枯干的芦苇，但感觉不太冷。岸边有亭子有树，不远处是青州的旧城墙，只是没有远山和骑马的旅人（如果有还真就矫情了）。

　　李清照纪念馆建在一片较高的地势上，门票二十元一张。讲解员说，李清照当年就住在这儿，但原来的建筑毁于一场大火，现在这座纪念馆是在原来的基础上扩建的。

（其实没有那场大火，当年的房子也留不下来，哪怕只砖片瓦。）

李清照一直在青州屏居到三十九岁，大概生活了十四年（也有十五年一说）。屏居是屏客独居的意思，也就是说，这段时间李清照没怎么见人。但在青州的这段生活，很可能是她跟老公最快乐的时光。两人整天琴书自娱，心情舒畅。李清照在她的《金石录后序》中有过描述："余性偶强记，每饭罢坐归来堂，烹茶，指堆积书史，言某事在某书某卷第几页第几行，以中否角胜负，为饮茶先后。"又说，收书既多，"于是几案罗列，枕席枕籍，意会心谋，目往神受，乐在声色狗马之上。"

据说，两人常在夜间欣赏书画，时间为一根蜡烛的工夫。不知道古代一根蜡烛能烧多久，有资料说，宋代没有石化工业，比较高级的蜡烛是用抹香鲸的脂肪做的，这种蜡烛不但燃得时间长，还可以调节人的情绪。我比较好奇的是，古人为什么把重要的事情都放在晚上，比如挑灯看剑，比如欣赏字画，难道不容易打眼吗？

此外，古人还有把画拿到外面欣赏的习惯，比如说拿到舟上，以便把画面的内容跟周边的景致结合在一起。反正古代字画都是卷轴，携带起来十分方便。这么做的缺点是，拿出去的画作如果被人看上，就有可能拿不回来了。

有的时候，一根蜡烛不够。赵明诚在白居易书《楞严经》题跋中写道："淄川邢氏之村，丘地平弥，水林晶渚，墙麓硗确布错，疑有隐君子居焉。问之，兹一村皆邢姓，而邢君有嘉，故潭长，好礼，遂造其庐。院中繁花正发。主人出接，不厌余为兹州守，而重余有素心之馨也。夏首后相经过，遂出乐天所书《楞严经》相示。因上马疾驱归，与细君共赏，时已二鼓下矣。酒渴甚，烹小龙团，相对展玩，狂喜不支，两见烛跋，尤不欲寐，便下笔为之记。"

也有人提出，这段时间他们夫妻二人的生活未必像传说中那么和谐，由于赵明诚经常外出，使李清照受到冷落，因此在诗中有所抱怨：寂寞深闺……连天衰草，望断归来路（见《点绛唇·闺思》）。

其实在古代闺阁体中，抱怨是最主要的基调，是女人多愁善感的一种表达（大体相当于现在的女人养旅行青蛙）。表明自己养尊处优（相当于撒娇）的同时，强调的是自己多么守妇道。所以，不要一听到女人一抱怨，就以为人家的家庭生活出了问题。我个人认为，让女人不抱怨，就等于不让知了夏天鸣叫，是不可能的事情。

我进纪念馆转了一圈，院子不大，有一处石头垒成的水池。厢房左侧是李清照和赵明诚的汉白玉雕塑,李清照在弹琴,赵明诚手里拿着一卷书,饶有兴致地站在一旁欣赏。(海波说李清照的手法像是在弹筝,另外,古琴长得也不是这样子,李清照不会去乱弹这种"类琴"的。雕塑的活儿让石匠干了。立峰大概也是这意思,说这琴有些不伦不类。)墙上贴着两行字:天真的少女,美满的婚姻。厢房右侧是李清照的卧室,帷幔上积满灰尘,感觉很久没住人了,双人床上被子叠得很婉约,一看就是女主人亲手叠的。

从镜框里一张《赵明诚居青州期间主要行踪》中可以看出,赵明诚在青州期间没太闲着,而且大部分时间都是在从事访碑以及收藏活动:

大观元年(1107)秋,赵明诚、李清照始居青州。

大观二年(1108)秋、重阳,赵明诚与友人李擢登仰天山。

大观三年(1109)

端午,赵明诚与二兄导甫及李擢、于肇、谢克明再游仰天山。

九月十三日,赵明诚与李擢、李跃游长清灵岩寺。

冬十一月,文及甫在青州观赵明诚所藏蔡襄《进谢御赐书诗卷》。

政和元年（1111）

二月，王寿卿为赵明诚所藏徐铉《小篆千字文》真迹作跋。

八月十五日，赵明诚与王蔚、李、傅察等三游仰天山。

九月，赵明诚至泰山，得《唐登封纪号文》两碑。

政和三年（1113）

四月六日，赵明诚自历下（今济南）赵奉高过灵岩。

八月，赵明诚与太原王贻公登泰山，拓《秦泰山刻石》。

政和四年（1114）秋，赵明诚为李清照画像《易安居士三十一岁之照》题词：清丽其词，端庄其品，归去来兮，真堪偕隐。政和甲子新秋，德父题于归来堂。

政和五年（1115），赵明诚至洛阳天津桥之故基，得《汉司空残碑》。

政和六年（1116）三月四日，赵明诚复过灵岩寺，留题于《千佛殿记》碑侧。

政和七年（1117）秋，九月，赵明诚至东平友人刘跂家，索《金石录》后序。

宣和三年（1121）四月二十五日、二十六日，赵明诚与陆彦承、赵守诚、赵克诚四游仰天山。不久，赵明诚赴莱州任所。八月十日，李清照到莱州。

▲ 附注1：仰天山在青州西南46公里处，主峰海拔834米，有摩云崮、佛光崖、望月亭、文昌阁和幽邃的洞窟多处。在当时的交通条件下，这段距离来回要两天不算夸张。

▲ 附注2：宋徽宗大观元年（1107），李清照二十四岁。正月，蔡京复相。三月，赵挺之卒后，遭蔡京陷害。家属、亲戚在京者均受牵连，赵明诚兄弟被捕置狱。因皆无实事，狱具。但难以继续居于京师。是年或下年伊始，赵明诚母郭氏率子女、媳妇移家青州。

▲ 附注3：《赵挺之传略》载：赵挺之，字正夫，密州诸城人，移居青州数世。

万年桥

出了范公亭公园,已经是下午一点半,感觉饥肠辘辘,好在往前走几步便是一家叫也可聚的包子铺。服务员是个染着黄头发的丫头,她说包子没有了,但是有馄饨,肉的、三鲜的和虾仁的三种馅。我花八块钱点了一碗肉馄饨外加一个茶鸡蛋,本来还想花两块钱点一份鬼子姜,但一盘太多,怕吃不完浪费,只好作罢。

就在我坐下来吃馄饨时,又来了几个人(拖家带口,一看就是外地游客),上来也想吃包子,那丫头说,包子已经卖没了。游客改口说,那我们吃馄饨。丫头说猪肉馅的也已经卖没了,现在只剩下三鲜的和虾仁的两种了。

吃完馄饨,我打了辆出租车来到老街上转悠,说是老街,其实不过是一些仿古建筑,沿街店铺都是售卖小吃、旅游纪念品之类的（诸如老牌酱菜、兴隆糕点、全羊汤、牙诊所），以及一家红丝砚的专卖店。红丝砚是青州（临朐）的特产，在唐宋时期即享有盛名。

宋金元时期的青州号称大藩、大镇，许多朝廷重臣相继任职青州（包括前文中说过的范仲淹等）。青州的经济非常发达，除传统的农作物种植外，经济作物如桑、梨、枣等驰名全国。北宋政府在青州设织锦院，把青州作为官营丝织品基地；另外，养马业也是青州的支柱产业，益都是元政府设立的十四个官马道之一，至今青州的许多地名都跟养马有关。

看到一家名人蜡像馆，正欲进去看个究竟，不料被坐在街边的一位大姐（也染了发）喊住，原来蜡像馆收门票，十五元一张。我问她有李清照的蜡像吗。她愣了一下，说没有李清照，有范冰冰。顺着大姐的手势，果然看到穿着古代服装、手持一柄团扇的范冰冰，她饰演的应该是武媚娘，搔首弄姿的样子，确实有几分迷人。

后来在街旁又看到一家卖蛤蜊鸡的餐馆，非常想进去尝尝，看看蛤蜊和鸡究竟是一种什么样的组合，可惜已经吃饱了。突然发现街边有卖甘蔗汁的，平时就喜欢喝这类很甜的饮料，特别是在头天大酒之后。但是北京很少能喝到甘蔗汁，甘蔗汁多数是在南方。我注意到被压榨机压扁的甘蔗就像蛇蜕，缓慢地从两个滚轴的缝隙间爬出。

据说在巷子里有一条真正的老街，但找到它可能要费一番周折。如此说来，青州的龙兴寺似乎更值得一逛，1996年在龙兴寺遗址出土了六百多尊佛造像，引起轰动。就在我来回犹豫时，接到周军电话，说他已经到青州了。他是从德州坐高铁来的，我跟他约在万年桥上碰头。

根据介绍，万年桥是我国第一座木结构的虹桥，始建于北宋仁宗明道年间，夏竦知青州时，为了改变之前因河水暴涨而冲毁桥梁的问题，使用无柱的木架结构，飞架在南阳河两岸，被称为虹桥。在此之前，中国的桥的桥面都是平的。虹桥的发明带来了桥梁建造技术的革新，以至于传到了北宋的汴京，都按照万年桥的样式建造桥梁。张择端《清明上河图》中虹桥的原型，正是来自青州的万年桥。

但是，我看到的万年桥肯定不是宋朝建造的那座，它比我想象中的要小很多，而且是用石头铺成的。之前机动车可以在上面行驶，后来好像出了一次交通事故，把桥上的围栏撞坏了，现在就改成只让行人通过了。

周军在桥的另一端，手里拎着一个塑料袋，里面装着烟、茶和手机充电器。看到就我一个人，周军有些失望，他说他以为这次我是组团来的。跟他闲聊了几句后,我去桥边的卫生间撒尿,恍惚中看到一个穿着宋代服装的人并排站着,而且他的背后还写着一个"更"字,我觉得自己瞬间穿越了,出了卫生间才缓过神儿。原来,青州的宋城就在万年桥边上,那人正是一千年前打更的更夫。

宋汝窯

花石纲

所谓花石纲，即是朝廷命江南民间进献的花石，用船运输，一个船队称为一纲。石头主要是从苏州、湖州采来的太湖石。太湖石多孔窍，搬运恐有损伤，于是便发明了一种搬运方法，即先用胶泥填窍，使呈圆形，外用麻绳捆牢，在太阳下暴晒，使之变干，然后用特制木车运入舟中。抵京师后，先用水浸，然后去掉泥土，露出石头本色，丝毫都不损坏。（见周密《癸辛杂识·艮岳》）

众多石头汇聚汴京，用于布置艮岳。艮岳位于京城东北隅景龙门内，又称万岁山。徽宗听信道士的话，出于风水上的考虑，用这些石头将其地增高数仞。不久，果然后宫连续生子。再到后来，徽宗孩子多得恐怕连自己也数不清楚了，不知这些是否都跟艮岳有关。

周密在他的《齐东野语》中记载了这么一件奇事：宣和中，艮岳初成，令近山多造油绢囊，以水湿之，晓张于绝巘危峦之间，既而云尽入，遂括囊以献，名曰"贡云"。每车驾所临，则尽纵之，须臾，滃然充塞，如在千岩万壑间。然则不特可以持赠，又可以贡矣。并资一笑。（见《齐东野语·赠云贡云》）

艮岳虽然修好了，但禁苑中的珍禽不能迎迓圣驾却是一大缺陷。有个叫薛翁的普通市民素以调驯飞禽为业，自荐担当此任。他用大盆贮肉糜饭食，仿禽叫声以招引其类。众鸟闻声而至，饱餐而去。月余之后，鸟类不待叫声，便自动从各处飞来，久而久之，更不畏人，立于薛翁鞭扇间挥之不去，薛翁命名此处为来仪所。一日，徽宗往游，翔禽交集，做欢迎状。薛翁先用牙牌跪奏道旁道：万岁山瑞禽迎驾。徽宗大喜，封薛翁官，赏赉无算。

宣和二年（1120）在江浙一带爆发的方腊起义，也跟生辰纲有很大关系。方腊，浙江睦州青溪经营漆园（当地产漆楮松杉），但是在中华书局1976年出版的《方腊起义资料选注》这本小册子里，有这样一则注释："腊有漆园""有漆林之饶"这些说法都不足为据，据近年发现的《桂林方氏宗谱》以及一些材料，证明方腊是今安徽歙县人，曾在歙县、青溪先后为佣，是佣工出身的贫苦农民，每天干的是牛马活。

不管是漆园主还是贫苦农民，方腊有明教（摩尼教）背景是肯定的。教徒服色尚白，提倡素食、戒酒、裸葬；讲究团结互助，称为一家，认为世上光明力量终必战胜黑暗力量。另外，加入这个团体的人，凡是来往过路，即便互不认识，也会得到热情接待，留宿管饭。如果有人进了大狱，大家也要分摊钱财，把这人捞出来。总之，在一开始的时候，方腊主要是靠一些邪术妖法鼓动百姓，其实很多教义他自己都未必能够遵守。

建立政权后，方腊自称圣公，立年号永乐。（世界上一切革命斗争，都是为了夺取政权，巩固政权。见毛泽东《今天的选举》。）

起义一开始势如破竹。起义军在三个月内，先后攻占睦州、歙州、杭州、婺州、衢州和处州六州五十二县的广大地区，每逢捉住官吏，并不马上杀掉，有的脔割肢体，有的破开肚皮，有的扔在锅里熬成油膏；有的绑在树上，万弩丛射。（见《容斋续笔》卷五《盗贼怨官吏》）听起来十分恐怖。

眼见事情闹大，徽宗不得已下了罪己诏，将所有收买花石、造作供奉之物及此种机构一切废罢。此诏一同，苏、杭造作局及御前纲运并木石等物一律停止。

但是，方腊被擒一个月后，徽宗又恢复了应奉司、应奉局等组织机构。

直到金兵第二次攻打开封，城里的老百姓被困多日，烧柴十分困难，官府只好允许老百姓到艮岳砍柴。开封城里的居民成千上万一拥而入，把所有的花草树木砍得干干净净。后来，光砍树木不够，于是，他们把艮岳中的宫殿楼台也拆下来当柴烧了。艮岳中喂养的十多万只禽鸟，也成了开封市民充饥的食品。艮岳中喂养的几千只大鹿也被杀死，让守卫开封的北宋士兵吃了。

为抵御金兵的进攻，艮岳上很多石头也被砸烂，作为砲石。另外，又云：万岁山大洞数十，其洞中皆筑以雄黄及卢甘石，雄黄则辟蛇虺，卢甘石则天阴能致云雾，翁郁如深山穷谷。后因经官拆卖，有回回者知之，因请买之，凡得雄黄数千斤，卢甘石数万斤。（见周密《癸辛杂识·艮岳》）

后来，金人又从艮岳上选了一批好的太湖石，运到燕京。这样，北宋灭亡后，艮岳很快就变成了一片废墟。从艮岳运到燕京的太湖石，后来有一些被保存下来，纪晓岚的阅微草堂中就有一块，是雍正皇帝赏给这个宅子的前主人岳钟琪的。据说，当时北京南城所有的太湖石中，要算这块石头最好。

多年以前我去过阅微草堂，印象中确实有这么一块石头。

大定十九年（1179），金世宗在北海公园建筑了一座离宫，叫大宁宫，用从湖里挖的泥土在湖中堆了一个琼华岛（即白塔山），并且在岛上堆砌了很多从艮岳运来的太湖石。当年岛上的亭台楼阁早就没有了，但那些太湖石却一直保留到现在。(见《宋代的花石纲》)

帮源洞

被韩世忠抓到的时候，方腊正在跟一帮人（包括妻子邱氏、八大王、宰相方肥、部将方七佛等）在帮源洞里喝大酒，这些人都是方腊在帮源结交的。突然听到洞外传来一阵喊杀声，紧接着就是一股鲜血溅到他的酒碗里，并且迅速凝固。方腊让八大王出去看个究竟，想不到八大王刚一出洞口就被韩世忠擒住了，在搏斗的过程中，韩世忠的胳膊上还挨了八大王一刀。

面对轮番冲入洞中的宋兵，方腊等人虽然浴血奋战，终因寡不敌众，力竭被俘。这一天是宣和三年（1121）四月二十六日。

确切地讲，帮源洞并不完全是洞，而是一片广深四十余里的山谷，方腊起义就发祥在这儿。方腊藏身的洞窟，毗连有三个，地处帮源洞的东北隅。它的西北角，有小路直通桐梓。

才走到洞口，忽有一支兵马拦住去路，韩世忠抬头看时，却是童贯最得宠的将官辛兴宗。他闻得韩世忠杀入洞中，有意前来争功。韩世忠如何敢与争执，便把方腊献上。辛兴宗还在马上说道：你要小心了，回到宫内，不可说起。照军律无令擅动，虽立大功，也要斩首的。

韩世忠虽然恨得咬牙切齿，但只能眼睁睁看着辛兴宗把方腊带走了。

童贯立刻调了大队，分三路杀进山去。方腊既擒，所有余党纷纷乱窜，官军追杀了七万多人，直入洞内，将方腊家人等五十三人擒住。

七月二十六日，方腊等被解到汴京，童贯派重兵护送。

八月二十四日，方腊被杀，临行前，方腊大笑道："方腊出二遍！"其实在通往刑场的路上，方腊就开始后悔，当初在青溪起义时，不该在七贤村把本家里正方有常一家四十二口杀了，把有常变无常。

最早春秋时，已有里正一职，负责掌管户口、赋役之事。唐朝亦有里正一职，负责调查户口，课置农桑，检查非法，催纳赋税。宋初以里正与户长、乡书手共同督税，再以里正为衙前,故又称里正衙前。方家世代经营漆园,估计很早就跟里正结了梁子。(在阶级社会中,每一个人都在一定的阶级地位中生活,各种思想无不打上阶级的烙印。见《实践论》)

南宋人曾敏行,世代业儒,二十几岁后便病废在家,写了本《独醒杂志》。其中有几条方腊的材料,常常被后人引用。他披露方腊起义军不但嗜杀,还"掘蔡氏父祖坟墓,露其骸骨,加以唾骂"。这还真像起义军干的事。此外,曾敏行还说方腊被俘后招降等,因为当事人都不在了,究竟如何,恐怕也没人说得清楚。(见《方腊传》)

方腊的事迹,最早见于宋方勺撰《青溪寇轨》一卷。记宋徽宗宣和二年(1120)青溪(今浙江淳安)方腊起义始末。原载方勺著《泊宅篇》中,曹溶摘入《学海类篇》,该题此名。后有附论二则,一为洪迈所著《容斋逸史》,记方腊起事原因及经过甚详;一为追述明教本末,不署姓名,盖录自庄季裕《鸡肋篇》。《鸡肋篇》卷上说:睦州方腊之乱,其徒处处相煽而起。闻其法断荤酒,不事神佛、祖先,不会宾客,死则裸葬。亦诵《金刚经》。

关于裸葬,据记载,如果有谁死了,方敛,尽饰衣冠。然后派两个人坐在死者旁边,一问一答。

问：来时有冠否？

答：否。

随即摘掉其帽子。接着逐一去之,以至于尽。

最后又问：来时何有？

答：有胞衣。

则以布囊盛尸而葬。

虫不蛰

除了人祸外,宋朝的天灾也十分频繁(当然,有的时候天灾跟人祸难以分开),基本上就没消停过。《中国灾害通史·宋代卷》一书中有详尽记载,由于叙事特别,我管这种文字叫灾难体:

太宗端拱二年(989),京师,暴风起东北,尘沙瞳日,人不相辨。

恭宗德祐元年(1275)三月,临安,1.庚寅,雨土;2.辛巳,终日黄沙蔽天,或曰"丧氛"。

高宗建炎元年(1127)三月,京师,金人围汴京,城中疫死者几半。

高宗绍兴二十六年(1156)夏,临安,疫,高宗出柴胡制药，活者甚众。

孝宗隆兴二年（1164）冬，淮甸，流民二三十万避难江南，结草舍遍山谷，暴露冻馁，疫死者半，仅有还者亦死。

神宗熙宁九年（1076）五月，荆湖南路地生黑虫，化蛾飞去。金州生黑虫食苗，黄雀来，食之皆尽。

孝宗乾道三年（1167）八月，江、浙、淮、闽，淫雨，江浙淮闽禾、麻、菽、麦、粟多腐。

孝宗淳熙三年（1176）八月，楚州，盱眙，淮北飞蝗入楚州、盱眙军界，如风雷者逾时，遇大雨皆死，稼用不害。

宁宗嘉定十年（1217）十月，临安，不雨，帝日午暴立，祷于宫中。

宁宗嘉定十七年（1224）五月，福建大水，漂水口镇民庐皆尽，侯官县甘蔗砦漂数百家，人多溺死；建宁府没平政桥，入城；南剑州圮郡治、城楼、郡狱、官舍，城坏，民避水楼上者皆死。

徽宗政和七年（1117），河间、沧县、瀛、沧州河决,沧州城不没者三版,民死者百余万。

高宗建炎二年(1128)冬,滑州,杜充决黄河,自泗入淮以阻金兵。

宋仁宗景祐四年(1037)十二月,并、代、忻州,甲申,并、代、忻州并言地震,吏民压死者三万两千三百六人,伤五千六百人,畜扰死者五万余。

宋仁宗皇祐二年(1050)闰十一月,秀州,地震,有声如雷。

宋神宗熙宁元年(1068)十二月,丁巳,冀州地震。辛酉,沧州地震,涌出沙泥、船板、胡桃、螺蚌之属。是月,潮州地再震。是岁,数路地震,有一日十数震,有逾半年震不止者。

太宗太平兴国七年(982)八月,泗州,大风,浮梁竹笮,铁索断,华表石柱折。

钦宗靖康元年(1126)正月,京师,望夜,大风起西北,有声,吹沙走石,尽明日乃止。

金熙宗皇统九年(1149)四月,阿城南,壬申夜,大风雨,雷电震坏寝殿鸱尾,有火入上寝,烧帷幔,帝趋别殿避之。

金世宗大定二十二年（1182）五月，望都，庆都蝗蜮生，散漫十余里。一夕大风，蝗皆不见。

金世宗大定二十三年（1183）五月，地点不详，骇，雷，雨雹，地生白毛。

宋孝宗淳熙十二年（1185）八月，平江府有虫聚于禾穗，油洒之即堕，一夕，大雨尽涤之。

光宗绍熙二年（1191）三月，瑞安府，大风，坏屋拔木杀人。

宁宗嘉定七年（1214）正月，江州，放灯，黑云暴风忽作，游人相践，死者二十余。

真宗天禧元年（1017）十一月，京师，大雪，苦寒，人多冻死，路有僵尸。

钦宗靖康元年（1126）闰十一月，京师，大雪，盈三尺不止。

宁宗嘉定六年（1213）冬，临安，燠而雷（天气热还打雷），无冰，虫不蛰。

宋人对蝗虫的认识非常神奇，《墨客挥犀·卷五》载：蝗一生九十九子，皆联缀而下，入地常深寸许，至春暖始生。初出如蚕，五日而能跃，十日而能飞，喜旱而畏雪，雪多则入地愈深，不能复出。蝗为人掩捕，飞起蔽天，或坠陂湖间，多化为鱼虾。有渔人于湖侧置网，蝗坠压网至没，渔辄有喜色，明日举网，得虾数斗。

云破处

　　1987年,几个家住平顶山宝丰县清凉寺附近的农民在平整土地的时候,挖出两个完整的汝窑笔洗(不知道是不是前些天佳士得拍卖的那件)。它的器型有些特别,说不上是碗还是盘子。有人形容就像是一个微缩的浴缸。直到2000年,在清凉寺汝窑遗址最北端,发现一层很厚的青釉汝瓷堆积层。此外还发现了马蹄形窑炉、作坊、澄泥池、陶瓮、匣钵等窑具,至此困扰人们多年的汝窑之谜才算解开了。

　　有证据表明,汝窑始于宋神宗后期,盛于宋哲宗时期,北宋中后期约有二十年为宫廷烧御用瓷器,即汝官窑瓷器(也有人认为亦官亦民,宫廷有命则烧,无命则止),以烧青瓷为主。即宋哲宗元祐元年(1086)至徽宗建中靖国元年（1101）以汝窑为贡瓷，在汝州城文庙汝官窑烧造，历经十五年。宋徽宗政和元年（1111），由于宋徽宗的原因"废汝用钧"，大观元年（1107）至大观四年（1110）又"废钧用汝"，由文庙汝窑烧制，历经四年。

由此可见，汝瓷并非从宋徽宗那儿开始的，如果追溯到五代后周柴世宗时期的柴窑，跟宋徽宗就更八竿子打不着了。而所谓雨过天青云破处，顶多是汝瓷的一种境界，烧没烧出来过都值得怀疑。它蓝而不艳、灰而不暗、青而不翠这种定位，说白了就是绝望。而且汝窑的废弃，也跟金兵入侵无关，因为瓷器烧得再好，也抵不住鬼子进村。

汝瓷被神化，很大一部分原因是因为它的釉色。有人分析说是因为釉里加了昂贵的玛瑙粉，在不同的角度以及不同光照条件下，颜色会发生变化。我觉得这么说就矫情了，稍有物理常识的人都知道，任何一个物件（比如家里用的普通瓷碗，哪怕是一块玻璃），在不同角度和不同光照的条件下，颜色也会发生变化。

另外还有蟹爪纹，就说所谓的开片，这个也是一个鉴定汝瓷的技术性指标。曹昭认为：有爪纹者真，无纹者尤好（见《格古要论》）。后来有人反驳他，说只要是汝瓷都会有蟹爪纹，只不过有些汝瓷上的蟹爪纹过于细小。曹昭是元末明初人,家里没有放大镜,看不见罢了。除了蟹爪纹外,还有稀疏的气泡(并且有大小之分,好像是说大的在下,小的在上),有人称之为寥若晨星,因为过于琐碎,就不在此赘述了。

汝窑的器型一般都比较小,诸如盘子、水仙盆、纸槌瓶,还有尊之类的,这些都是常见的,据说主要是为了便于把玩。一件一米多高的瓶子,没把玩一会儿就啪嗒掉地上了(特别像老唐这种黄油手)。而且一般汝瓷都是素烧器,上面没有图案,据说为的是追求朴雅含蓄,加之汝瓷施釉肥厚(二次施釉的结果),在上绘制图案存在相当难度,也有人认为这跟徽宗笃信道教有关。

河南博物院的展品中,有一件汝窑天蓝釉刻花鹅颈瓷瓶。不是说好了素面朝天吗?根据考古报告,在北宋灭亡后,大部分汝窑都停止生产了,但是民间的一些小作坊仍在从事后期瓷窑生产,也就是在这个阶段,汝瓷上才出现了印花、刻花。但是质量上,已经与以前的汝瓷相距甚远了。

河南博物院的展品中还有一件汝窑天青釉折肩瓶,也是典型的宋代造型。所谓折肩,其实就是溜肩膀,好看是好看,就是太没出息了。我突然想起蔡京在宋徽宗画的《雪山归棹图》的题跋中有这么一句:"……行客萧条,鼓棹中流，片帆天际，雪江归棹之意尽矣。"跟折肩瓶表达的是一个意思。唉，只能说宋人的审美真是要命，后来发生的事情，更是无一不被蔡京言中。所以，所谓的宋代美学不但脆弱，而且是建筑在倒了八辈子血霉的基础之上（《雪山归棹图》现藏于故宫博物院，院方一高兴就拿出来晒）。要想知道蔡京长相如何，赵佶《听琴图》中那位红衣颔首听琴者便是（有人注意到，《听琴图》中画了松树、竹子、蔷薇、木香、茉莉等多种植物花卉）。

不过，不管是《雪山归棹图》还是《听琴图》，画面还算安静，再看南宋陈容画的水墨《六龙图》，不得不让人觉得，这正是大宋江山的末日写照。实际上南宋一到临安，宫廷画家的画风就开始转变，豪放中带着强烈的抑郁之气。

到了南宋时期，汝瓷的底部开始出现"奉化"款识。奉化指的不是浙江那个奉化，而是指南宋时候的奉化堂。它是德寿宫的配殿，宋高宗赵构时的宠妃刘贵妃居住的地方，所以今天有好多汝窑写奉化就是她的私人之物。刘贵妃这个人有点儿才华，会画画，她自己有两枚方章，画完画以后都盖在上面。

若干年前，跟阿坚、孙民他们走京西古道时去过一个叫西落坡的村子，在村里吃了顿午饭，还买了村民腌制的一罐泡菜。这个村子的特别之处是半山腰上有一座碉楼，还有几截古旧的寨墙。据说都是金代留下的，所以落坡村在以前也叫金大寨。据说徽、钦二宗被金人掠至此地羁留三年，筑牢监禁，坐井观天（五国城被挪到了这儿，实际上所谓坐井，不过是北方人的防寒措施）。此地因此得名落难坡，后来慢慢就叫落坡了。

话说一次徽宗吃的馒头有些夹生（之前还在米饭里吃到过沙子），他非但没跟身边的人抱怨，反而觉得这稍欠的火候，就如同汝瓷的灰胎，为了釉色合适，使得胎体的质地偏软。不管后来的人如何夸赞这胎的颜色就像刚刚焚过的香灰，徽宗心里明白，这都是不得已而为之。

徽宗在落难坡羁留期间，并没完全失去了自由。他偶尔会穿着猎人的衣服，背着弓箭在寨子里转转，毕竟对外说的是北狩（意思是去北方打猎去了），老不露面也不像话。只不过金人在弓箭弩机处做了手脚不能引发，徽宗背着它不过是做做样子。尤其当徽宗发现寨子三面环山，不但看不到猎物，反而到处驻扎着金兵，他的心情可想而知。偶尔遇到个放羊的，想上前搭讪几句也被一旁的金兵制止。而且羊倌也不认识眼前这个细皮嫩肉，留着两撇鼠须的中老年人，此时的徽宗应该不到五十岁。

一天，在寨子里放风的徽宗，终于看到了雨后的天边出现了一片天青色（而且就在汝州方向），那正是他曾经梦到过的雨过天青云破处的景象。之前他也曾无数次痴迷地仰望天空，但雨后要么是乌云密布，要么大太阳马上就出来了，搞得他了无兴致。

此时的汝窑早已窑空烟冷，废弃多时。

▲附注1：除了《雪山归棹图》，蔡京还在赵佶的《听琴图》《文会图》和《御鹰图》上题诗。在皇帝的画作上题诗题字可是个大学问。有人分析，《听琴图》与《文会图》根本不是赵佶的画笔，也不是代笔，但为赵佶所满意，或为赵佶所命题，因而在上面题字或题诗，蔡京也只是奉命而已，故而没有对画笔加以赞扬。题写在画面上的哪个部位，就更无所谓了。

▲附注2：宋徽宗主要擅长画花鸟画，现在流传的作品有《腊梅山禽图》《五色鹦鹉图》《池塘秋晚》《柳鸦芦雁》《瑞鹤图》等。据说他画鸟雀，常用生漆点睛，使鸟雀看上去十分生动。

▲ 附注3：关于徽宗北狩，宋人庄绰在其《鸡肋编》中记述了这样一件事：楚州有卖鱼人姓孙，颇知前人灾福，时呼孙卖鱼。宣和间，上皇闻之，招至京师，馆于宝箓宫道院。一日怀蒸饼一枚，坐一小殿中。已而，上皇驾至，遍旨诸殿烧香，末乃至小殿。时日高，跪拜既久，上觉微馁。孙见之，即出怀中蒸饼云："可以点心。"上皇虽讶其异，然未肯接。孙云："后来此亦难得食也。"时莫悟其言，明年遂有沙漠之行，人始解其谶。

南宋 马远 雪履观梅图

金沙滩

黄花梁脚下的金沙滩位于怀仁县城南三十公里，雍熙三年（986）正月宋辽军队在这里打了一场恶仗。起因据说是宋太宗赵光义为了解决契丹对边界的骚扰，下诏分三路北伐，最终目标是会师幽州，与契丹进行决战。杨继业由于孤军奋战没能等到援兵，在掩护军民南撤时被辽军俘虏，在狱中绝食三日而死。杨继业八个儿子五人殒命，最后只剩下杨六郎。

金沙滩故事多为不实，是后人的附会，除了杨家将故事(评书)外,还被改编成戏曲。最著名的就是京剧《金沙滩》（又名《双龙会》），中国戏剧出版社于1962年出版了该剧剧本。另外，豫剧、晋剧、湘剧、川剧和秦腔都有这个剧目。

京剧《双龙会》的剧情说的是潘仁美勾结辽邦，诳宋真宗赵恒到五台山降香，把宋朝君臣困在幽州。辽邦天庆王在金沙滩设下双龙会，请宋真宗赴宴讲和，暗设重兵埋伏，要把宋真宗置于死地（其时宋太宗还在位，没真宗什么事，后来的剧目又改了过来）。

杨继业看破了辽邦的阴谋，命子杨大郎改扮宋主前去赴宴，又派其他七子保护同往。

酒席前伏兵四起，杨大郎被耶律休哥当作宋真宗用剑刺死，二郎、三郎阵亡，四郎、八郎被辽兵掳去，杨家八子丧失过半（正如京剧《四郎探母》中，杨四郎那句唱词："金沙滩，一场败，只杀得杨家好不悲哀"）；但是杨大郎在遇难之前，用袖箭将天庆王射死；辽邦人马因为杨家将的奋勇血战，也遭受了严重的损失。

杨家将的后人，后来多逃到贵州、云南一带，也有流落到江苏等地的。狗子说，他媳妇杨柳嫁给他的时候，就自称是杨家将的后人。跟杨柳证实，杨柳说狗子胡说。我觉得其实就算是也没什么大不了的，也用不着隐姓埋名。

实际上，历史上没有所谓的杨家将，潘仁美也没有传说中那么邪恶。但既然是传说和戏曲，这里就不较这个真了，唯有杨继业在狱中绝食三日而死值得商榷（也有说撞碑而死）。正常来讲，一个人就算是不吃不喝，怎么着还能活一周左右的时间。除非受了重伤外加愤怒什么的，就另加别论了。倒是两年前在金沙滩建的一个影视基地，为这个曾经的古战场平添了几分戏剧性。无数金戈铁马，又将演绎那场本已平息的战火。那些曾经的历史人物（包括杨继业、佘太君、穆桂英等，他们本来已经在当地被做成雕塑），又不得不重新披挂上阵。

阿坚说他几年前就来过怀仁，主要是为了看清凉山上那座辽代的华严寺砖塔，据说是文殊菩萨赴五台山途中的第一道场。清凉山在怀仁县何家堡乡悟道村西约五里远的地方，山势陡峭，峰峦叠嶂，海拔有一千五百多米。阿坚拄着木棍呼哧带喘，费了很大的劲才爬到主峰。如果换成十年前，阿坚用不了一半的时间就能上去，他不明白佛塔为什么要修建在这么高的山崖上。

在山顶上，阿坚俯瞰了一下怀仁县城的全貌，抽了一根烟，又围着塔转了一圈，看天色渐暗，便没多在山上逗留。他心里还惦记着晚上接下来的饭局，当地有个写诗的朋友专门设宴接待他。但是阿坚跟这个人不熟，作品也没读过，他隐约记得在北京的饭局中见过一次，并且两人都在醉酒状态，彼此糊里糊涂留了电话。

因为下午要爬山，阿坚的午饭有些简单，只吃了一碗饸饹面,一碗羊杂割(他特意吩咐老板多加豆腐和粉条),外加两瓶啤酒。也许是旅途劳顿,第二瓶啤酒他勉强喝下。阿坚后来解释,说他怀疑第二瓶啤酒过期了,酒瓶上蒙着一层厚厚的灰尘,而且啤酒中还含有很多杂质,看上去就像是没有经过过滤的麦芽(狗子在外地小馆喝酒也有过类似的经历,说不清他俩是谁抄袭谁)。

后来阿坚在一张餐巾纸上给我画了一张示意图,上面标明他先到大同,然后往南到了金沙滩,清凉山在金沙滩的西侧,再往南又坐了将近两小时的长途才到朔州。阿坚还标注了黄花梁和桑干河的位置,说当年走西口就要经过黄花梁。桑干河位于河北省西北部和山西省北部朔州市朔城区南河湾一带,每年桑葚成熟的时候(每年4—6月间),河水便会干枯,所以才会有这么个名字。至于什么原因,阿坚说他自己也搞不清楚。但很多河流不管是泛滥还是干枯,都是季节性的。

怀仁县隶属朔州市,却离大同市更近。北京距大同350公里,坐火车路上要花六七个钟头。在六里桥坐长途汽车反而快些,早上七点十分发车,中午大概十一点半就到了(当年阿坚就是在这儿坐的长途)。2019年大张高铁开通后,北京到大同的时间将缩短为一百分钟,阿坚说到时候招呼上哥几个再去一次。不过，上次接待他的那个写诗的朋友，还愿不愿意接待就不好说了。阿坚说那天晚上他喝大了，印象中几次摸了那人媳妇的手，还在一张废烟盒上给她写了一首情诗，语言多挑逗，个别措辞下流，比如用了"×""痒痒"等不堪入目的字眼儿（有照片为证）。

食货志

国博四层的一个展厅,常年展出中国古代钱币,宋代货币占据了四五个展柜。展品中有几枚宋徽宗用瘦金体书写的大观通宝和崇宁通宝。但是,据说这些并非都是徽宗的亲笔,有的是徽宗的宠臣蔡京代笔的。展柜很大,我因为眼花看不清钱币上的文字(为了凑得近一些,脑袋几次碰到玻璃上),只能听讲解员讲解,捎带看一下说明。不过我仍能隐约看出这些硬币的品相一般,也许上好的钱币(比如金币)馆方舍不得展出,将它们锁在地下库房里,等待着某个重大时刻重见天日。

宋代与历朝历代有所差异,每换一种年号就开炉铸新币,若年号与宝文相重,则更铸非年号钱。宋代第二位皇帝宋太宗于端拱三年改元淳化,淳化元年(990)五月改铸发行淳化元宝钱。宋太宗赵光义亲书隶、行、草三体钱文淳化元宝、至道元宝，成为皇帝亲书钱文（称御书）之始，又是行、草入钱之始。后来宋真宗赵恒又书景德元宝、祥符元宝；宋神宗书元丰通宝，南宋皇帝高宗书绍兴通宝（国博的展品中也有几枚，感觉南宋的钱币要比北宋的单薄一些），宋代皇帝们对书法的痴迷由此可见一斑。

两宋三百余年，凡十八帝（末代三帝名存实亡），改年号五十七次，铸年号宝文钱四十三种（不包括大小和书法等版别变化）之多。宋币书体变化有隶、行、草、楷（其中包括宋徽宗的瘦金体）、篆体（包括九叠篆钱文皇宋通宝等）。到了南宋，钱文书法开始以楷书为主，而金朝则出现了大定通宝、崇庆通宝仿瘦金体钱，沿至元、明、清，历代铸币多以楷书为钱文。这些不同的字体，俨然一部实物书法大全，却也反映了宋代货币的混乱状况。宋代除了铜钱、铁钱和铅锡钱同时流通且面值大小不一，比价也不固定外，各州都有权自行铸钱。由于宋朝用钱的地方多满足不了货币需求，于是出现了纸币和私人铸钱。

跟嗜好书画的宋代皇帝不同，罗马帝国的皇帝喜欢直接把自己的头像铸在钱币上，比如奥里斯金币上的戈尔狄亚努斯三世的雕像，再比如恺撒大帝和尼禄·尤里乌斯。

这些雕像多为侧面肖像,他们的表情平淡、高贵,有的头上戴着王冠或者围着一圈月桂的装饰,有的光着脑袋什么都不戴,就剩下一头很短的卷毛。

硬币正面的文字开始还比较简洁,就是皇帝本人的名字。但也有啰唆的,比如维斯帕芗的正面币文是:最高统帅·恺撒·奥古斯都·大祭司·祖国之父·执政官第三届。据说,从弗拉维王朝开始,正面的币文便开始逐渐形成这样的固定格式。

硬币背面的图案多为全身的武士或者女神的雕像,但也有个别的图案,比如城堡、飞鹰、十字架以及正在哺乳的母狼。有一枚罕见的尼禄钱币,背面(反面)的图案是一条鱼、一只大河虾、一条章鱼和一只乌贼,上面没有铭文。这的确十分令人困惑,因为这些生物在埃及祭司眼里指的是歹毒、令人憎恶的人。唯一的解释只能是,这枚钱币由某个被迫臣服于罗马的城市铸造。

但是无论如何,在古代,带有皇帝形象的硬币很尊贵,所以禁止带入妓院。在后人眼中,那些不朽的硬币,更是浓缩的对伟人的回忆,寄托了神圣的美德和荣耀,包含着各种宗教、历史、寓言和地质等信息,从而变成为某种象征符号,同时被视为最初的古代雕刻的先河,具有超凡的艺术价值。

我手头有一枚古罗马银币，由于时代久远，上面的文字和图案已经漫漶不清了，钱币的边缘也不甚齐整，像用剪子剪出来的。反复琢磨，隐约觉得它应该是一枚塞维鲁王朝的盖塔银币，至今已经将近两千年了。别看它大小相当于咱们的一分钱硬币，拿在手里分量却是沉甸甸的，属于我们常说的那种真正的真金白银。

▲ 附注1：古罗马有一种专门用在官方风月场所流通的硬币 spintriae（拉丁语，意思是连接在一起的手镯），公元1世纪初期开始用青铜或者黄铜铸造，大小比10便士硬币略小。硬币正面描绘某一种性爱姿势，背面是罗马数字（不同的姿势价格不同），顾客用这种硬币换得妓女的性爱服务。此种妓院代币的价值相当于七条面包或者普通劳动者一天的报酬。有钱币专家认为，这种硬币的设计者正是提比略皇帝，目的就是"告诉后人他自己那些丢人的丑行"。

▲ 附注2：北宋元丰通宝，有篆、行、隶三体、隶书为苏东坡所写。

▲ 附注3：宋代铸币采用铜本位，虽然也有金币、银币，但不用于市场流通。到了南宋，由于铜矿开采不足，铜钱又通过贸易大量流到境外，于是多使用铁币。同时，由于惧怕南宋将铁用于制造兵器，辽、西夏、金对其用铁进行严格限制。

《宋史·食货志》对宋朝的钱币铸造和流通情况有详细记述：

西北边境归附朝廷的戎人，很多都是携带财物布帛在秦州、阶州（武州）换成铜钱运到塞外，熔化铸成铜器。于是朝廷诏令官民人等禁钱擅自出塞，走私百枚以上的要判刑，到五贯以上的，送京城治罪。

徽宗建中靖国元年，陕西副转运使孙杰以铁钱多而铜钱少为理由，请朝廷再铸铜钱，待铜、铁钱的比值稍均平之后，再听任铜、铁钱兼铸。

自神宗熙宁以来，折二钱虽然同行民间，但法令规定不许运到京城，所以各州积贮很多。这时，发运司请求准许用官库所有折二钱改铸折十钱。

当初，蔡京主张使用夹锡钱，朝廷诏令在陕

西铸造,也命副转运使许天启推行。具体办法是:用夹锡钱一枚折铜钱两枚,每缗用铜八斤,黑锡四斤,白锡二斤。

绍兴元年,停征各州军商人的免行钱,不收行户供应的财物,现任官买卖东西一律按实价,违犯的人按强盗论处。四年,两浙转运司通知婺州收购皇帝所需烤火的木炭,必须是炭身遍布胡桃纹、似黑褐鹁鸪鸟的颜色。

绍兴六年,收敛民间铜器,诏令凡民间百姓私铸铜器者,判处两年徒罪。

▲ 附注4:意大利的徽章铸造,也是参考了罗马硬币的设计,肖像通常都是侧面像,上面还铸有各种头衔,是为显赫的贵族成员专门铸造的。这种徽章比罗马硬币大很多(有些像纪念章),直径约有三四厘米,比袁大头还大一圈,流行于15世纪。

海沙山

罗艺是广东阳江人，忘了是前年还是大前年，他从老家回来，送我两盒阳江豆豉。跟之前吃过的豆豉不一样，阳江豆豉不太咸，可以空着嘴吃，所以很快就被我当成零食吃完了。当然，我还用它炒过苦瓜，蒸过排骨和鱼。鸭姐也喜欢用阳江豆豉做菜，而且不管做什么都要放一些（比如拌凉菜）。阳江豆豉用的是当地产的黑豆，先要用水泡，然后再蒸，发酵后洗净放盐，然后再次发酵，经过干燥后晾晒，前前后后折腾很多遍，不愧为大自然和时间赐给人类的美味。

此外，阳江还出产小刀，其最大特点就是锋利，不但能切肉，还能斩骨，使用顺手而且便于携带，跟豆豉一样，是馈赠亲友的佳品。但这些优点后来都变成了缺点，不管是飞机还是火车都禁止携带（不知道能不能托运），于是，好端端的小刀只好收敛起它的锋芒，只剩下徒有虚表的声名。

但是最令阳江出名的，是前些年从水里打捞出的"南海一号"沉船。当时就看了直播，后来又看了相关的视频。这艘不惜代价被打捞出来的南宋贸易商船，始发港来自福建泉州，正准备驶往南亚和西亚，在台山海域沉没。它很可能遭遇到一场突如其来的风暴，如果触礁的话，船体不会这么完整。而且在倾覆之前，船上的人有足够的时间逃生，不然的话，一定会发现大量的人体骨骸（如果可能的话，应该查看一下出事那天的气象记录）。

当时它的船舱里满载着六万多件瓷器，总重量超过四千吨。由于长时间在海水中浸泡，很多瓷器上面都沾满了淤泥和贝类。相关图片显示，这些瓷器大多出自景德镇和德化，属于外销瓷或者生活用瓷（比如德化窑粉盒），除了一件龙泉窑系青釉菊瓣纹碟，没有太大的价值。有一件清水釉执壶上居然带有辅首图案，一看就是西亚人定制的，是一件典型的外贸商品（属于另外一种审美）。

瓷器中没见到汝瓷和钧瓷。当年徽宗在河南神垕镇建立钧瓷官窑，主要生产花盆和痰盂，以及一些其他陈设器，因此我并不觉得它有多么了不起的地位。

比起这些所谓的珍贵瓷器，我更喜欢一件跟瓷器一同出水的金手镯和一条金腰带（不是拳王系的那种），它们不但足金足两，而且充满了异国情调。有人猜测，这两件金器（其实还有金戒指）属于这些货物的主人，来自西亚的某个土豪。他在泉州卸下卖给中国人的货物，又装满中国瓷器准备满载而归，想不到刚一起航就遇到风暴，于是不得不扔下货物仓皇逃离。一笔利润可观的买卖就这么打了水漂。

船体打捞出来后，被安置在专门为它修建的水晶宫中。距水晶宫不远处（海陵岛的十里银滩），还建有一座宋城，据说也是复原了宋朝时期的街市场景。因为没有亲眼见到，不好妄加评判，估计跟杭州和开封等地的宋城差异不大。

有人把从泉州通往西亚的海上航线称为瓷器之路（"南海一号"的出水便是证明），认为是丝绸之路的一个重要组成部分。还有专家推测，在这批贸易货品中，很可能（不排除）也有丝绸，只不过经历了六七百年的时光，这些娇气的丝绸早已被海水泡烂（分解）了。

曾经打算去阳江看看这艘大船，罗艺也邀请过几次，说他在那边有很多亲戚可以接待，去了可以管吃管住，等等。但阳江对我来说路途太过遥远，先要从北京坐高铁至广州，然后再从广州坐三四个钟头的长途才能到阳江。

罗艺与我同岁，而且20世纪60年代末至70年代初，我们都住在白广路一号一个不大的院子，而且还上同一个小学（抗大一小），很有可能还是同班。但奇怪的是，我们俩都没给对方留下丝毫的印象，我们的共同记忆是院子里有一个篮球场，每天都有人打篮球。再有就是"文革"期间，在上学的路上看到有人跳楼，身上盖着一个稻草席子。放学回家时，那个人已经被拉走了，地上还留有一汪血迹。

罗艺跟我最大的不同是，他酷爱运动，游过琼州海峡，走过塔克拉玛干，还登过珠峰（虽然没登上去）。他把这三项运动称为海沙山，是名副其实的新铁人三项。之前还驾车环游过世界。就连狗子、阿坚他们都奇怪，一个院子里出来的孩子，差别怎么就这么大！

糖霜谱

王灼，字晦叔，号颐堂，南宋遂宁府小溪县（今四川省遂宁市船山区）人。生卒年不详，据考证可能生于北宋神宗元丰四年(1081)，卒于南宋高宗绍兴三十年(1160)前后，享年约八十岁，跟李清照算是同时代的（大概小李清照六岁）。

王灼在他的《碧鸡漫志》（卷二）中对李清照多有诋毁，说她晚节流荡无归。作长短句，能曲折尽人意，轻巧尖新，姿态百出。闾巷荒淫之语，肆意落笔。自古搢绅之家能文妇女，未见如此无顾籍也。不知道王灼为什么要跟李清照过不去，无论如何，这些评价在当时应该对李清照造成了恶劣影响，到后来也一直是争议的话题。

朱泙漫在他的著作中对王灼不无讥讽："以王灼之宗法

谬见于两性意识之深,又于京师以来见及外传之漱玉诗词,尤妒之极;文辞既望尘莫及,风骨尤不贬自卑,于焉仇之切齿而止能自足于以诋毁泄恨。具此类灵魂者安得不为再婚谤诬满浮三大白;既无视《上韩胡》组诗中词语之严肃涵义,且惟恐所闻再婚谤诬不真。"(见《李清照丛考》)

其实这个王灼很有意思,他出身贫寒,青年时代曾到成都求学,后往京师应试,虽学识渊博却举场失意,终未入仕,只得流落江湖,寄人幕下,做舞文弄墨的吏师。晚年闲居成都和遂宁潜心著述(朱泙漫说他,年近知命犹沉滞于州、县佐,出川二十年尚不得衣禄而仍不免一领青衫,乃于绍兴四、五年间打道回川未再出)。但他写的《碧鸡漫志》却不容小视,该书论述了上古至唐代歌曲的演变,考证了唐乐曲得名的缘由及其与宋词的关系,品评了北宋词人的风格流派(当然也谈及了李清照)。

另外,王灼还写了一本《糖霜谱》,据说是世界第一部完备地介绍糖霜生产和制造工艺的专著。那么,他为什么写了一本看似跟文化八竿子打不着的书呢?因为早在唐代遂宁的制糖业就十分发达,几乎家家户户都种植甘蔗。王灼久居当地,熟悉制糖的工艺流程。可以想象,本来他的生活就相当无聊,看一下地图就知道,遂宁市位于四川盆地中部，估计王灼很少有机会跟外界交往，闲来无事，就跑到糖作坊看人如何制糖打发时间。这是这样一本看似不起眼的书，印发出来后不断再版，王灼也由此多了个科学家的头衔。

《糖霜谱》后来被收入《四库全书·子部九·谱录类二》，我粗数了一下，如果不加上前面的序，全书不过二千字，充其量就是一部小册子。

在《糖霜谱》卷二，王灼写道："自古食蔗者始为蔗浆，宋玉作招魂所谓胹鳖炮羔有柘浆是也。"（胹鳖炮羔，有柘浆些。鹄酸臇凫，煎鸿鸧些。露鸡臛蠵，厉而不爽些。屈原《招魂》中罗列的全是些好吃的，不然魂招不回来。）

王灼还详细讲述了糖霜的制作技法：糖霜户器用曰蔗削，如破竹刀而稍轻。曰蔗镰，以削蔗，阔四寸，长尺许，势微弯……事竟歇三日（过期则酿），再取所寄收糖水煎。又候（九分）熟，稠如饧（太稠则成沙脚），插竹遍瓮中，始正入瓮，簸箕覆之。此造糖霜法也。已榨之后别入生水重榨，作醋极酸。

在结尾部分，王灼特别介绍了糖的功效及用途：本草称甘蔗消炎止渴除心烦燥热，今糖霜亦如之。然砂糖招痰饮殊不可晓也，有作汤者作饼者并附其法，对金汤糖霜、干山药分细研；凤髓汤糖霜、干莲子、干山药等分细研；内莲子去赤皮，妙香汤糖霜一斤细研，别研吴氏龙涎香七分饼和之糖霜饼，不以斤两细研；劈松子或胡桃肉研和匀，如酥蜜食模脱成模，方圆、雕花各随意，长不过寸。研糖霜必择颗块者，沙脚即胶粘不堪用。

小米巷

出了杭州东站,我跟狗子打了一辆出租,直奔小米巷。但不管怎么说,司机就是弄不清楚小米巷的位置。我只好给石磊打电话,让他发来小米巷的定位。到了小米巷,已经是下午一点半。整个巷子长一百三十米、宽三米多。我跟狗子饥肠辘辘,于是在街边找到一家小馆吃午饭,没有菜单,只能看着玻璃柜里摆好的菜点,我们点了一份平菇炒菜心(我把平菇说成蘑菇,被老板娘更正,平菇是平菇,蘑菇是蘑菇)、一份毛豆炒三丁(吃出笋丁和香肠)、两块红烧肉外加两碗米饭。

啤酒喝的是雪花原汁麦和勇闯天涯,后来还要了一瓶五年的会稽山。狗子说南方有一种红曲酒特别好喝,另外还有一种绿酒(是不是绿蚁酒就不知道了),所以说灯红酒绿是有出处的。听说石磊要来，我又点了一份酱鸭。虽说是小馆，味道还算中规中矩。狗子觉得至少比高大师家附近那家江南饭馆强，那家饭馆又贵又难吃。

我边吃边观察老板娘，典型的南方人，瓜子脸，小鼻子小眼，但脑门很大。我想起李清照三十一岁时的一张画像(好像是《漱玉词》里的)，大体上跟古代妇女没什么两样，也是大脑门、瓜子脸，只是看着略显苍老，而且神态有些忧郁，手里拿着一捧花草。另外，餐馆里还有一只黑白相间的小猫，一直在寻寻觅觅。隔壁的包间里，老板鼾声如雷。

吃到差不多的时候，石磊来了，他平时起得晚，也还没吃午饭。趁石磊跟狗子在一起吃喝，我又返回小米巷转了一圈。说是巷子，其实就是一个小区，清一色的七层居民住房。本想在小米巷吃点东西，但小区里没有餐馆。从长鸣寺这段进去，不到十分钟就到头了，巷子另一端是马坡巷，路口有一家棋牌乐，有两桌老年人正在斗地主。一位老大爷抓了一把十三不靠的烂牌，表情格外沉稳。一位残疾人拄着双拐，饶有兴致地在一旁观战。

说到小米巷的来历，据说是因为米芾的儿子米友仁曾经在这里居住过。但到了这里后，我对这种说法有些怀疑，说不定这地方过去是卖小米的呢。至于说李清照晚年曾经来这里找小米题跋就更不可能了。年谱上写得清楚，绍兴十九年己巳，李清照六十八岁，赴京口访八十高龄之米友仁，求为书法名画题跋。京口说的是润州，也就是今天的镇江。

据岳柯《宝真斋法书赞》卷十九米元章《灵峰行记帖》米友仁跋、卷二十米元章《寿时宰词帖》所附他卷米友仁跋，清照曾两次访米友仁求跋。

米友仁在《灵峰行记帖》上跋云：易安居士一日携前人墨迹临过（具体），中有先子留题，拜观不胜感泣。先子寻常为字但乘兴而为之。今之数字，可比黄金千两耳。呵呵！

岳柯考证，米跋署衔为"敷文阁直学士、右朝议大夫、提举佑神官（观）"；而米为敷文阁直学士，乃在绍兴十九年（1149）四月至绍兴二十一年一月间。绍兴十九、二十年间，清照仍在临安，其后行踪不明。

米元章《寿时宰词帖》跋：先子真迹也。昔唐李义府出门下典仪，宰相屡荐之。太宗召试讲武堂侧坐，而殿侧有鸟数枚集之，上令作诗咏之。先子因暇日偶写，今不见四十年矣。易安居士求跋，谨以书之。敷文阁直学士、右朝议大夫、提举佑神官（观）友仁谨跋。

杭州至镇江的直线距离为269.8公里，有好事者统计，如果正常步行，每小时走6公里，路上要花1天外加20小时零58分。如果骑自行车，按每小时20公里计算，要花13小时零29分。如果坐船去的话，按每小时28公里计，路上要花9小时零38分，也就是说，早上从临安出发，途经崇德、嘉兴、吴江、平江、无锡、常州和丹阳，当天傍晚才能到京口（也就是镇江）。估计李清照很有可能是坐船去的，但古代的船速能不能这么快，再加上当时的水文状况，这一路恐怕怎么也得两天左右。

西马塍

吃完了饭，我跟狗子和石磊去找西马塍。史料载，绍兴二年（1132）壬子，李清照五十一岁，年初随弟移居杭州，作《孤雁儿》，暮春作诗《春残》。八月甲寅取回剡中民间寄存物，重见《金石录》手稿，作《后序》，始以易安室为号行世。九月，始罹再婚谤诬。1136年回到杭州，寄居在余杭门（现在的武林门）门外的西马塍。

虽然是本地人，石磊也不知道有西马塍这个地方，也没听说过花圃闻莺。后来我们打车来到一个小土坡，因为没有明显的标志，我们上上下下胡乱找了一通。反正这里也有花花草草，也有一个小亭子和一段长廊，最重要的是也能听见鸟叫。石磊断定，这就是花圃闻莺了（杭州人只知道柳浪闻莺），他还分析说鸟一般只在早晨和傍晚叫。

石磊家离这里不远,一天早晨,居然有一只鹩哥飞进他家。石磊买了个笼子把鹩哥养了起来,没事还跟鹩哥说一些简单的汉语,但鹩哥从来不搭理他。没过几天,又有一只鹩哥在石磊家附近转悠,石磊估计这两只鹩哥是一起的,于是决定把笼子里那只鹩哥放了,想不到那鹩哥在头天晚上就死了,另外那只鹩哥也不再飞来。

眼看天色渐暗,街边的路灯也亮了,不断有驳船鸣着汽笛从运河驶过(看到一棵树上有秋千,狗子上去荡了几下)。从花圃闻莺经过一座桥,就是大兜路。四月我们来杭州,就在一家叫禧堂的餐馆吃过一次。我们沿途转了一圈,大多数餐馆都没包间,巷子里有一个小姑娘手里拿着团扇,穿着古装拍照。我们最后决定还是去禧堂,没过多久老葛、小姚和古非他们也来了。老唐吃到一半时才来,虽然他一大早就从武汉到了杭州。凑巧的是,老唐的微信公号就叫大禧堂。

关于西马塍,据《西湖游览志》载:东西马塍,在溜水桥北,以河分界,并河而东抵北关外,为东马塍;河之西,上泥桥、下泥桥至西隐桥,为西马塍。钱王时在此养马,达三万余匹,号曰海马,故以名塍。相传"马塍之地,土细敏树"(意思是说,这儿土质细润,利于树木生长。很可能是因为有很多马粪的缘故，加上马喜欢用蹄子刨土，把土壤刨松了）。杭城四时花卉产于此地，名南花园；往北十余里为板桥，名北花园。东西马塍，花艺往往发非时之品，名曰堂花，且常有莺，鸣于其中，故称其"花圃闻莺"。

1993年出版的《杭州市西湖区地名简志》，其中有一段关于马塍路的文字是这么写的：马塍路，南起天目山东段，北至文二路东段。长约一千三百米、宽五米，水泥路面。以古地名马塍名路。《湖墅小志》记载：东西马塍在溜水桥以北，以河为界，河东抵北关外东马塍，河西自上下泥桥至西隐桥为西马塍。钱王时蓄马于此，故以名塍。沿途有杭州电扇总厂、天目山饭店等单位。从这段文字可以看出，现在大家叫的马塍路，其实和古书里提到的马塍并不是一个地方。马塍是一个古地名，清代人高鹏年编撰的《湖墅小志》里说的"东西马塍在溜水桥以北"，应该是指杭州老城区西北边的一大片区域，比现在马塍路范围要大得多。那个地方确实跟马很有渊源。有史料记载，五代时期的吴越国国王钱镠，在马塍这块地方养了三万多匹马，称作"海马"，也有的称作"马城"。

至于这个"塍"字，《说文解字》的释义为"稻中畦也"，即指稻田中的田埂。

鸡笼山

　　李清照在杭州住了二十年（一段时间是跟弟弟李迒），居然没写过西湖（甚至在她的诗中一句都没有提过），杭州人为此纠结不已，他们在西湖边修建了一座李清照雕像，还以她的名字命名了一个亭子，以为这样就可以让李清照跟西湖朝夕相处了。

　　西湖开始是一片洼地（北方人俗称水泡子），吴越时期对西湖进行了疏浚，西湖开始有了模样。北宋苏轼任杭州知州，不但大力疏浚西湖，还垒建了著名的苏堤，这时的西湖可以说已是景色宜人了。到了宋高宗时期，西湖已是青山四周，中涵绿水，金碧楼台相间，看似一幅山水画了。杭州的秀丽无疑会在选都时成为一个考量因素。另外，高宗认为，杭州比长江流域的城池更易于防卫。若要抵达那里，须先经过一片布满湖泊和泥泞稻田的地区，这使得敌人的骑兵难以展开。

到了1275年，西湖的湖岸线已长达十四点五公里，湖水已深达二点七四米，在特别任命的官员指挥下，军兵们负责西湖的治安和保养，向湖中倾倒垃圾或在湖中种植荷花或菱角均在禁止之列。如此对西湖进行长达数世纪的悉心维护，足以证明唐宋时代的中国人对于旖旎风光显露了特殊的感情和兴致，每一处胜景都被慎重地保护起来，每一座新的建筑都必须和周围环境协调（见谢和耐《蒙元入侵前夜的中国日常生活》）。

至于李清照对西湖是怎么想的，就不得而知了。传说一天夜里，一对恋人在西湖旁照相，正准备按快门，突然听到有个老妇人的声音："别把我的脚照进去。"情侣大骇，周边查看了一圈，除了李清照雕像外没见到任何人迹。这件事发生在20世纪八九十年代。

质疑李清照逝于杭州的人的理由是，西湖边上没有李清照的墓，况且连苏小小都有，别说这么有名的一个词人。后来的人很少知道，1964年曾经发生过一场拆墓风波，12月2日这天，西湖边上包括苏小小墓、于谦（不是说相声的那个）墓、武松墓、林和靖墓在内的三十多座墓冢都被挖开，然后进行分类处理。据说武松墓被打开时（武松墓他们也敢挖），腐殖中确实有白骨，然后工人们把遗骨装进骨瓮，由汽车运往鸡笼山的乱坟岗中安葬。苏小小的墓在西泠桥侧，棺椁被打开后并没发现骨骸，只有一只红色绣花鞋。

实际上，自此之前的 3 月开始，在为期一个半月的时间里，杭州已经分五批一共拆除坟墓六百五十四座，这其中就包括秋瑾的。1981 年，秋瑾墓在西泠桥的另一端重修，人们在鸡笼山一棵柏树下面挖出秋瑾的骨殖。寻遗骨的人在地上摊开一块白布，将秋瑾血红色的遗骨一块块在白布上拼接。当接到颈骨时，他们发现颈骨上留有一道明显的刀痕。

▲ 附注 1：李清照有弟名沆，明见于《后序》，显见于《打马图经序》与《清波杂志》。又，据其嫠后行踪考之，自庚戌正月起皆追随小朝廷或尊诏令进退，无疑比依弟终其晚年。此一事实不仅表明无视宗法规范之风骨，亦表明非早年姊弟间骨肉情深至不减母子者莫能。更核以其年及耄耋乃至未必弟所得及，则暮年亦惟内侄孙辈侍候照料。据后序，己酉间李沆

为八品之敕令删定官，其龄当在四十左右，故不妨推定其生年于此即小其姊约十岁。

▲ 附注2：经己酉二月初南渡之惨剧，赵构即弃以江宁为都之念，进而以五代末钱氏之于赵宋自比于金，决定改以杭州为其都城，故于五月升杭州为府且以临安为名；自扬州强运南来之朝廷案牍及其后累积之物资，无不集中于此。

断片儿

夏天的时候，狗子来杭州演出话剧。狗子喝大，书包丢在西湖边上，书包里有身份证、钥匙外加一千块钱。狗子后来回忆起丢书包的经过，那天演出结束后剧组吃晚饭，回到宾馆后狗子意犹未尽，又跟剧组里一个朋友从超市买了啤酒，坐在西湖边上的长椅上接着喝。因为他们住的宾馆就在西湖边上。然后天快亮的时候，俩人又去一家街边的早点铺吃早点。第二天醒来，狗子发现书包丢了。虽然把头天晚上去过的宾馆、超市、西湖边上以及早点铺都找遍了，但书包还是没找到。狗子估计在西湖边撒尿时把书包摘下来放到一旁，撒完尿忘了拿。狗子分析，都是书包里那一千块钱闹的，如果只是身份证，不会有人拿那个书包。

我想起今年年初，狗子一天夜里到我家喝酒，喝到恍惚才离开。老鸭不放心，把狗子送出电梯后，在楼里隔着楼门观察狗子。狗子出了院子在一棵树底下撒尿，也是撒尿前把书包摘下来放到地上，而且也是撒完尿转身就走。老鸭见状赶紧追出去，把书包捡起来挎在狗子身上。至于狗子为什么会有这么一个在撒尿前摘掉书包的习惯，可能连狗子自己都说不清楚，大概是怕尿在书包上吧。

话说回北京后，狗子到月坛派出所补办身份证，民警认出了他，说你的身份证4月才补办，怎么这么快又丢了。鉴于每次补办身份证都要照相，那个警察挺逗，跟狗子说相就不用照了，半年时间你的长相不会变化太大。

这次在杭州，也是连续喝了两天大酒，其中一次是在梅灵南路一家农家菜馆，王海的朋友哈雷拿来两瓶自己酿的酒，一瓶黄酒一瓶白酒。黄酒是1986年的冬酿，属黄酒四大家族中的善酿，现在库存中所剩无几，只会在做高年份收藏酒的时候用来做酒引子。白酒是陕北野生红高粱原浆酒，含糖量高，出酒量低，口感米香十足，无糟曲味，喝着感觉只有三十多度，实则在五十二到五十六度之间。

吃完了饭，老葛又带我们去一家酒吧，我们又喝了很多老挝啤酒。老葛是台州人，李清照当年就是从嵊州（绍兴所辖），经天台到的台州（台守已遁，没能亲自出面接待李清照），又从台州至黄岩，雇舟出海到的温州。当时李清照每天只顾赶路，估计在台州没有停留多久，所以也没留下遗迹什么的。有人猜测李清照的《渔家傲》和《清平乐》是在台州写的，我觉得那么短的时间写两首词似乎不太可能，且当时李清照并没有写词的心境。

关于老挝啤酒，后来我查了一下，老挝啤酒有多国血统，用的是德国啤酒花和酵母、法国大麦芽、喜马拉雅山泉水和精选的老挝茉莉香米，生产及罐装设备由德国进口，在老挝生产制造。北京鼓楼西大街有一家云南菜馆，就有这种啤酒，十六元钱一瓶，我们经常去喝。杭州酒吧是二十元一瓶，那天晚上我们喝了无数，直至集体断片儿。

杭州人喝大酒，好像也是从公款吃喝开始的（当时对公务员的管理还比较宽松），而且跟苏东坡有很大关系。《萍州可谈·卷三》载：杭州繁华，部使者多在州置司，各有公廨。州倅二员，都厅公事分委诸曹，倅号无事，日陪使府外台宴饮。东坡倅杭，不胜杯酌，诸公钦其才望，朝夕聚首，疲于应接，乃号杭倅为"酒食地狱"。后袁毂倅杭，适与郡将不协，诸司缘此亦相疏，袁与所亲曰：酒食地狱，正值狱空。"传以为笑。

酒坊巷

杭州距金华一百八十一公里，坐高铁不到一小时。因为是星期一，金华博物馆和八咏楼都不开门（博物馆不开门好理解，八咏楼也不开门有些奇怪）。好在酒坊巷跟这两个地方都挨着，不然来金华算是白跑一趟。

酒坊巷过去都是酒作坊，这源于巷子九十八号旁边一口建于宋代的酒泉井。我探头往里看了看，井里还有水，水面上漂着浮萍，显然有段时间没用了。资料说无论冬夏，井水离井口都是二点一米（仿佛井中有一个刻度），如遇大旱也不枯竭，旧时人多于此取水为酿。据说巷子里还有几口古井，因为在人家院子里，无法看到。

午饭是在巷子里七十八号一家叫古婺酒坊的小馆里吃的，我点了一份炒三丝一份金华素包，外加一碗米饭。三丝指的是火腿丝、千张丝和干豆腐丝，搭配青蒜和红绿尖椒。点这道菜，主要是想吃金华火腿，金华火腿很早就出名，一下金华高铁就能看到金华火腿的广告。过去北方菜系（主要是鲁菜）里也有金华火腿，主要是用它吊汤，现在人就没这么讲究了。除了金华外，义乌和浦江也制作火腿，因为这两个城市也属金华管辖，所以做出来的火腿也叫金华火腿。

金华素包有些像北方的春卷，干豆皮卷上豆腐、胡萝卜、白萝卜，里面再放几片青蒜叶。如果季节合适，还会放一种当地产的名叫三月青的蔬菜。据说当地人以往过年才吃。

老板还跟我推荐他们的其他菜肴，比如灵芝野猪肚、虾火南瓜饼、杜仲腰花以及两头乌馒头等。在金华，两头乌指的是猪，意思是说只有猪的两头是黑的。另外还有火腿蒸枣（枣是金丝蜜枣），应该算是甜食。这道菜有点儿想吃，但实在吃不下了。

问他们有没有红曲酒，因为来之前就听狗子说红曲酒好喝，喝之前放进去一个生鸡蛋外加姜丝大枣更是大补。老板的反应有些诧异（可能一听就知道我是外行），他说喝红曲酒现在还不到季节，还要更冷一些，因为红曲发酵时间较长。后来看金华人丁小禾也写到红曲酒：入冬节气的一个午后，将仿古花缸中的鱼儿迁居，盛上来自南山、带着甜味儿的白沙溪水，从狮子山下购得红曲香糯，一番浸泡、蒸馏，一缸祖传汤溪（金华）老酒就酿成了。

店里老酒很多，老板推荐一种用糯米酿的甜米酒，让我喝一下试试。他说这酒不贵，三两一壶，12元，一斤要40元。酒上来后看是常温的，我问要不要热，老板干脆白了我一眼，说这酒热不得的，这样才好喝。

我抿了一小盅，果然味道不凡，只是感觉度数有点儿高，但接着喝就感觉不出来了。只可惜我没有独饮的习惯，不然的话，真想在这里耗上整个下午，把酒馆里的老酒尝遍了。

老板介绍，他们还有婺州醇粮食烧白酒，在当地号称金华小茅台。另外，还有荔枝酒、杨梅酒、桑葚酒（我听成伤肾酒）和马蜂酒，都是用白酒泡的。糯米酒分两种，一种是天热时酿的，一种是天冷时酿的，冷的时候酿出来的酒叫霜落酒。最重要的是，冬水酿冬酒必须埋在地下存放一年以上。我问老板，他们酿酒是不是用的那口宋井的井水，老板说宋井现在是文物，他们酿酒用的是山泉水，难怪我喝的甜酒温和中有一丝冷冽呢。

酒坊里酿这么多酒,当然不只是为了像我这样的散客喝的。出了巷子不远,就是保宁门码头。据说酒坊巷的酒,就是从这个码头运往各地的。《金瓶梅》中多处提到金华酒,可见金华酒很早就有名,西门大官人动不动就来两坛子。

五十三岁那年,也就是绍兴四年(1134),李清照完成了《金石录后序》的写作,九月(也有说十月的)避乱金华。在金华期间,李清照与唐仲友和其父唐尧峰有赋闲、藏鉴书画之往来。初到金华时曾一度卜居在武义县主薄陈序家,后寓居婺州城的酒坊巷与东市街。一度搞不明白卜居是什么意思,查了才知道说的是择地居住,寓居则是寄居的意思,细琢磨两者还是有区别的。

无论如何,这个年过半百的女酒鬼一定是酒肆的常客,时常就着一盘金华豆豉自斟自酌。资料显示,金兵在绍兴四年十二月撤退,然而李清照于第二年五月还在金华。有人分析,李清照在杭州没有牵挂,我觉得她老人家是在金华喝酒喝美了,不经意间看到墙上李白的《将进酒》,心中暗骂一句:蠢材,只有人生不得意时才须尽欢啊。

实际上李清照至少到过金华两次,头一次是绍兴元年辛亥,李清照五十岁,三月初由衢返越,途出金华,作《武陵春》。第二次是绍兴四年甲寅,李清照五十三岁。十月,遵诏,由杭州疏散至金华,卜居陈氏第,撰《打马赋》。绍兴五年乙卯,五月,在金华奉诏以赵氏妇身份缴进挺之为相时从史馆录出之赵煦朝《实录》副本。秋,顺流回杭州,途过钓台,作诗《夜发严滩》。

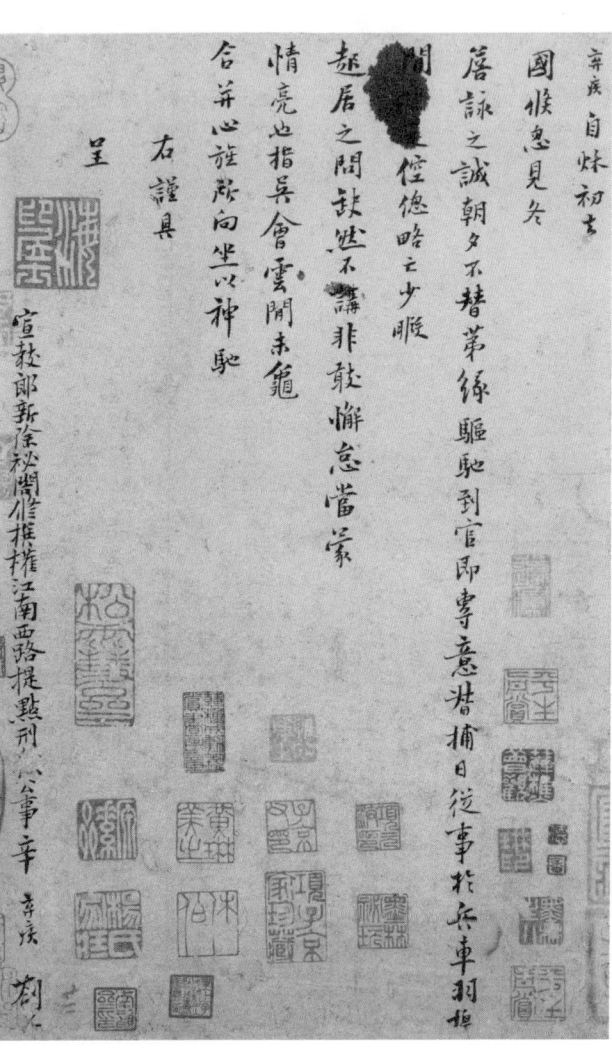

捕蛇者

浦江的龙德寺塔，建于北宋大中祥符九年（1016），至今已经一千多年了，是浦江县城最老的建筑。据史料记载，多次遭火焚和雷击。塔顶就是被雷击的（也有人说是战争期间被炮弹削掉的）。所以远远看去，这座七层的佛塔更像一座炮楼（或者碉堡）。只有走到近处，才发现这座佛塔的繁复精致，很少有别的佛塔能跟它媲美。龙德寺早已损毁，只留下一棵古樟树（应该是寺庙的遗存）。1979年修复塔身，在壁龛里发现一个银钵和一个藏经银盒。据说这些文物在浦江博物馆展出过，博物馆建筑本身就是文物，为南宋时的张氏家庙。第二天我专门去博物馆，但是除了一个当代书画展，没有任何其他的展品。

虽然没看到藏经银盒，吃的方面却收获多多。在江南第一家旁的一个小镇,一户人家正在一麻袋的树枝中摘豆子一类的植物,经打听才知道是拐枣。它们看起来有些像外星人,但吃着甜甜酸酸。石磊说这是他们小时候的零食,也有人拿它泡酒(功效是可以解酒)。后来从秦悦微信里看到,这种植物云南也有。秦悦说除了泡酒,当地人还用它泡水、煮粥。

在新光村的一间小屋,看到一位老阿婆在卖冰木莲、楂子豆腐和观音豆腐,便进去尝了尝。冰木莲是把木莲籽揉成果冻状,吃的时候加入薄荷水和红糖水。楂子豆腐实际上是柞子豆腐,是用柞子粉做的,讲究用井水浸泡,吃的时候放砂糖。而观音豆腐的原料是观音柴的叶子,吃的时候也要放糖或者蜂蜜。

这些东西以前从没听说过,就别说吃了。老阿婆拿给我一个塑料罐,里面的糖既不是白糖,也不是红糖,颜色为橙黄色,但搅和几下也不能完全化开。不过这样也挺好,甜度刚好合适。当我吃得正投入,无意中发现老阿婆在一旁慈祥地看着,我的心情一度有些难过。

这次没能去成衢州,但石磊带我和王爷吃了一次衢州农家菜馆。餐馆不大,米饭装在一个大木桶里,吃多少盛多少。石磊点了芋头汤、炒河蚌肉、平菇烩油条、炒豆芽、烧带鱼以及炒黄鳝。所有的菜都带些辣，石磊说这还算温和的，衢州当地的菜味道会更辣。石磊说每次头天晚上喝完大酒，第二天都会来这里解酒。我吓唬石磊，要不要喝瓶白酒，石磊连连摆手摇头，说再喝就喝死了。

那天还发生了一件奇怪的事情，吃饭之前，我打开餐具真空包装（里面有一个盘子、一个碗和一个勺子），发现勺子把是断的。王爷在手机上查了查没吭声，估计说法不好。难道阿坚在这之前来过这家小馆，喝酒时转勺把勺把转断了也说不定，反正感觉挺诡异的。

李清照曾经于建炎四年冬自越州奔衢州。衢州位于金华的西边，现在也通高铁了，车程估计也就十来分钟，跟金华到义乌的距离差不多。

在浦江，头天晚上吃到印象深刻的三道菜：一道是一条四斤多重的野生鳊鱼，清蒸的；一道是炒野猪肠子，肠子是脆的，完全没有异味儿，吃过后就不再想吃卤煮和炖吊子之类的。还有一道是眼镜蛇炖乳鸽，虽说是炖菜，但砂锅里汤很少，几乎就是一个锅底儿，所以炖出来的汤十分浓郁好喝（估计炖的过程中也不加水）。开始不知道吃的是什么，经人介绍后，看着砂锅里的蛇，还是令人犯怵，不禁想起柳宗元的《捕蛇者说》：永州之野产异蛇，黑质而白章。触草木,尽死,以啮人,无御之者。

《全宋笔记》中,也有一则是关于蛇的:孙叔敖杀枳蛇,盖两首蛇也。江南山中蛇,两端皆有头,口目全具,行相牵挽,腹红背黑,长大率如箸。相传是老蚓,两口无舌,不见其张开,正一大蚓尔。恐叔敖所见不如此,或云枳蛇一颈两首,故怪。

凑巧的是,第二天晚饭就是在一个蛇王开的餐馆里吃的。餐馆是一座矗立在田间的三层小楼,显得有些突兀,感觉有些像恐怖片中的场景。我们去的时候天已经黑下来了,远远能听见狗叫。在房间坐下来后,雨就下起来了,雨滴打在铁皮窗户挡板上叮咚作响。据说蛇王之前就是靠捕蛇为生,不少当地的地头蛇都是因为他而折在地头,幸存下来的毒蛇纷纷跟他拜了把子。于是蛇王不再捕蛇,开了这家野味餐馆,很多老饕慕名而来。

那天晚上没吃蛇,但是吃了牛鞭炖牛骨和红烧河豚。牛鞭和河豚当然没得说,去了毒的河豚肝更是好吃得无以复加。虽然不断有人相劝,出于礼貌,没好意思多吃。

浦江不通高铁,我是从金华坐高铁在义乌下,再坐半小时左右的汽车就到了。本想回杭州跟狗子一起回北京,但是我买的那趟去杭州东的高铁居然晚点两个多钟头。后来狗子说,他也在犹豫是回北京还是来浦江找我们,犹豫来犹豫去,就没有选择的机会了。这次我跟狗子和老唐来杭州,主要是为了去良渚文化村参加《别散》的推广活动,活动结束的当天晚上,老唐就坐火车返回武汉,我跟狗子在良渚多住了一宿。

▲ 附注1:《清异录》中,专门提到消暑的清风饭,材料里有龙睛粉、龙脑末、牛酪浆等,调事毕,入金提缸,垂下冰池,待其冷透供进。《东京梦华·州桥夜市》中,也记载了很多诸如砂糖冰雪冷元子、生淹水木瓜、砂糖绿豆甘草冰雪凉水等饮品。

▲ 附注2:回到北京后不久,收到了郑献成寄给我的几罐食糖。小郑跟石磊是朋友,我们在杭州的时候经常在一起喝酒。小郑说,糖是他姐姐采用古法,手工制作的。有两罐姜糖,要经过九蒸九晒;还有两罐人参糖,是采用过去的甘蔗红糖的制作方法做成的。这两种糖看上去跟我在新光村阿婆那里吃到的糖差不多,相比之下,北方的食糖的种类就显得有些单调。

癸辛街

义乌机场离高铁站也就几公里,出了义乌车站,看到天上飞着飞机,地上跑着高铁以及往来的汽车,一时难以适应,以为赶上了星球大战。

想起周密(1232—1298)宋末曾任义乌令等职(也有一说是没有赴任),无论如何,如果他老人家得知治下后来变成小商品批发市场,不知会做何感想。但两浙"善进取,急图利,而奇技之巧出焉"的风俗,他老人家应该有所领教。

周密祖籍济南,跟李清照算是半个老乡,先人因随高宗南渡,流寓吴兴(今浙江湖州)。宋亡元不仕,隐居弁山,以南宋遗老自居。后家业毁于大火,隐居杭州上城区清湖桥附近的癸辛街,靠倒腾古玩为生,所撰《云烟过往录》,专录古玩字画,略加品评。在"申屠大用志远号忍斋所藏"

条目中，徐熙的《牡丹》赫然在列，说的应该就是前面说过的李清照夫妇买不起的那幅。

周密曾经这样回忆先人南渡：余家济南历城，曾大父少师遭靖康之难，一家十六人皆奔窜四出。大父独逃空谷，昼伏宵行。一旦，遇追骑在后，自度不可脱，遂急窜古祠，亟伏佑圣坐下，傍无蔽障，亦不过待尽而已。须臾，北军大索，虽眢井、林莽、栋梁间，极其冥搜，而一坐之下，初不知有人焉。及抵杭，则一家不期而集，不失一人，岂非神所佑乎！（见《齐东野语·卷十二》）

癸辛街这个名字有些诡异，两个天干没有地支，明田汝成《西湖游览志》卷十三："取癸辛方向，其门巷曰癸辛街。"周密在此撰写了《癸辛杂识》六卷，其中一则是关于狗的：狗最畏寒，凡卧必以尾掩其鼻，方能熟睡。或欲其夜警，则剪其尾，鼻寒无所蔽，则终夕警吠。

辽宁教育出版社2000年出版了周密的《浩然斋雅谈》一书，收录了包括《浩然斋雅谈》《云烟过往录》《志雅斋杂钞》和《澄怀录》四种。在《志雅斋雅谈》中，有一则说金花定碗，用大蒜汁调金描画，然后再入窑烧，永不复脱。凡碾工描玉用石榴皮汁，则见水不脱。凡事皆有法也。

还有一则是关于李清照的，兹录于下：

李易安绍兴癸亥在行都，有亲联为内命妇者，因端午进帖子，《皇帝阁》曰："日月尧天大，璇玑舜历长。侧闻行殿帐，多集上书囊。"《皇后阁》云："意贴初宜夏，金驹已过蚕。至尊千万寿，行见百斯男。"《夫人阁》云："三宫催解粽，妆罢未天明。便面天题字，歌头赐御名。"时秦楚材在翰苑，恶之，止赐金帛为罢，意贴用上官昭容事。

进帖子是当时内外"命妇"在节庆时写些歌颂性的文字进献后宫，是晚年李清照所能参加的极少的社会活动之一。每首诗被写在饰以金线的丝布上，并用特定的装饰封装好，以区别所献对象的等级。（见《武林旧事·立春》）而所谓命妇，指的是受有封号的妇女，分有不同的等级（根据老公的级别），由此可见，李清照的地位并没有受到再嫁的影响。

秦楚材即秦桧兄秦梓，据《建炎以来系年要录》载，绍兴十三年闰四月，始任翰林学士。说起来李清照跟秦桧还是亲戚关系，她跟秦桧妻子王氏为姑表姊妹。可能是因为李清照跟翰林学士綦崇礼走得较近，而綦崇礼又多次弹劾秦桧，两家的关系由此交恶。

癸亥正是绍兴十三年，即公元1143年。这一年李清照正好六十岁。《李清照年表》上仅有这么几行：立春，李清照撰《贵妃阁春帖子词》。四月，在临安，撰《端午帖子词》。是年内，表上赵明诚《金石录》于朝。

关于这一年，《李清照事迹述略》中也只是简单提及：夏，清照撰端午帖子词内命妇者进之，这些正好跟周密所述一致（实际上事迹略述所引述的内容，正是得自《浩然斋雅谈》）。但朱泙漫先生却对此表示异议，他认为这几首五言联帖子诗是李清照幼时所作，词语天真未凿，唯无人间五味之童稚心灵方有之，当在元祐六年，李清照十岁左右。

其实我读了这几首诗，也产生了莫名的喜感，觉得自己快要生病了，很像刚刚被洋辣子蜇了一下。相信有这种感觉的不止我一人，难怪周密说秦楚材恶之。不过我倒是觉得，在李清照哪年写的这些诗这个问题上，也不用太过纠结。说不定年届六十的李清照突然返老还童，做出这种令人匪夷所思的恶作剧。至于余下的，只能呵呵了。

另外，我还有一个小小的发现，原来李清照是属猪的。属猪的女孩子我倒是认识几个，她们全都爱美，喜欢清洁，跟属猪的男人恰好相反。

▲ 附注：除了牡丹，徐熙还擅长画桃子。据米芾《画史》载，徐熙画的一幅桃子，绿叶虫透背，二叶着桃上。二桃突兀，高出纸素。

错认水

在浦江跟石磊、王爷胡混了两天后,我打了辆快车又回到金华,如愿看了金华博物馆和八咏楼。唐以后,金华称婺州,金衢一带烧制的瓷器统称婺州窑。经五代的发展,婺州窑在两宋时期走向鼎盛。共发现自东汉至元末窑址近千座,其中大多集中于唐宋时期。这些窑厂普遍建于草木丰盛、水源充足又具有交通优势的自然缓坡地带。

2006年前后,在酒坊巷西南侧一处建筑工地上,就发现了古婺州窑的窑址。该窑以烧制青瓷为主,兼烧黑釉、褐釉,产品中多酒具。从八咏楼出来,在街边一家古玩店,我看到一件婺州窑的小茶碗,素胎,估计还没来得及施釉。本想买下来,又嫌背着麻烦,思来想去,突然想起陆羽好像说过,碗越窑上,鼎州次,婺州次……觉得他老先生对婺州窑的评价是不是太低了。

金华博物馆的二层展厅里,有一家南宋时期小酒馆的复原场景,跟现在江南的小酒馆无异,靠墙的架子上摆着酒坛子和各种酒具,柜台上挂着酒牌。我细看了一下,有错认水、寿生酒、东阳酒、高粱酒、白字酒、游溪春,可见当年酒的品种多了去了,不止绿蚁酒以及陆游在诗中说的黄腾酒。

错认水是薄酒的谑称,估计是当时的低度酒。明代宋诩父子撰写的《竹屿山房杂部》记载了错认水的酿造方法:用多种曲蘖与蓼草并用,再以枥柴灰澄清降酸而成。这种特殊的酿酒工艺已经失传。清周亮工《书影》卷四:"(高主政)馈余一经酒,淡而有致,与罗家错认水无少异。"

白字酒是义乌产的名酒,元代名医朱丹溪所著的《野客丛书》中就有白字酒的记载。制作白字酒传统酿法采用纯净洁白糯米,以冬水酿造,次年3月至5月间压榨,入库储存三年之后启用。白字酒至今还能见到,好像是义乌产的,但是我没喝过。据说甘甜爽口,如饮醇醪。资料显示,1949年前义乌有八十多家酒坊生产白字酒,其中以佛堂周正昌、稠城龚聚源两家酒坊最负盛名。

还没到八咏楼,第一眼看到八咏楼的牌匾,上面写的是詠。本来詠就是咏的异体字，从言从永。楼上有一座李清照纪念堂，酒坊巷与八咏楼只有几步的距离，想必李清照当年常到这里饮酒赋词。果然，院子里有一尊李清照的全身雕像，她的手很大（感觉很有劲儿，有点儿像男人），握着一卷书。背面的墙上有李清照的《武陵春》和《题八咏楼》，按理说李清照在金华住得时间不短，不可能只写了两三首诗，特别是经常登临八咏楼，不咏八首都不好意思。可能她还写了一些其他的诗但不满意，扔到纸篓里了。

至于那尊雕像，不知出自哪位大家之手，看上去以为塑的是一位巾帼英雄（秋瑾或者江姐），看了让人产生一种莫名的喜感。我拍了一张雕像的照片，心想，不管她像谁，现在很少有哪位女性手里拿着书照相了。

偌大的展厅里，没能看到传说中的李清照的行迹图，多少有些失望。

展厅里挂着一张民国年间八咏楼的照片，可以看出，那时候的八咏楼已经破败不堪了，现在的这座应该是在原址上重新修建的。总之，宋代的遗迹在金华几乎看不到了，只有赤松门边上，还保留了一小段南宋时的城墙。

舴艋舟

从八咏楼出来过一条马路,再穿过一个小广场,就是燕尾洲公园。有人考据,这就是《武陵春》中提到的双溪。走到横跨婺江的彩虹桥上,就可以看到一片三角洲,那正是义乌江和武义江的交汇处。从燕尾洲公园出来,我又绕了一大圈,来到跟彩虹桥平行的通济桥上,换了一个角度看燕尾洲。它看上去确实像燕子的尾翼,感觉李清照说的双溪就是它了。婺江边上是一片人工湿地,芦苇丛中隐约可以看到水鸟踱步。

通济桥过去是座浮桥,不知始建于哪个朝代,后来才改成石拱桥。

关于双溪,一直存在争议。胡适《词选》说双溪在今绍兴。还有人附和说,在绍兴之南有一条双江溪,而李清照恰好在绍兴居住过,如果真是这样的话,《武陵春》就是在绍兴,而不是在金华写的了。徐声越《唐诗宋词选注》也说:"双溪在余杭县北,东流合于苕溪,《武陵春》盖南渡后易安流离杭、越时所作也。"

其实,浙江有五个地方都叫双溪,一个新登,见《咸淳临安志》;两在余杭,见《图书集成》杭州府与清嘉庆《一统志·杭州府下》;一在绍兴,即今县南之双溪;一在金华,见光绪修《金华县志》。余杭、绍兴宋志见存,其中皆无双溪,新登双溪虽见于宋志,但非名胜。金华无宋志,但这个双溪见于很多文人题咏中。在宋代即以风景著称的只有金华的双溪,与李清照同时代的诗人如林季仲、梁安世都有歌咏金华双溪的诗。稍后的袁桷也有记游金华双溪的事,可以为证。《武陵春》写的是暮春三月的景象,当作于绍兴五年三月,而是年五月,李清照仍在金华。(见黄盛璋《李清照事迹考辨》)

如此说来,李清照来双溪就相当方便了,先是在酒坊巷喝点儿小酒,然后登八咏楼吟吟诗,再去双溪划会儿小船什么的,大半天就这么打发过去了。问题是舴艋舟是什么舟,查了一下原来意思是小船。的确,一只蚂蚱能有多大呢,唯其小才载不动许多愁(换句话说,载一丁点儿愁是可能的)。

不过,在泛舟的时候,李清照倒是注意到一种叫作龙虱的昆虫,竟然可以在水面上飞快地行走。让李清照发笑的是,这昆虫看上去怪模怪样(长着一对触须,翅膀是绿色的,还有一条很短的毛茸茸的尾巴),确实有几分像龙。

最后我要说一下彩虹桥,虽然作为一座景观桥,它还是过长而且在两端分叉太多,感觉有点儿像上海的高架,上去就下不来了。即便下来,出口可能是错的。再有就是桥面是用很小的竹木片拼成的,透过缝隙,可以看到脚下泊泊江流,导致我恐高症和恐水症同时发作,两条腿都软了,哪里还有心思看风景。多亏了一位女士给我引路,她容貌姣好、步履轻盈,背着一个挎包,里面装着一幅卷轴(说是刚裱好的老师的字),让我分散了不少注意力。

下桥以后,我问她双溪路怎么走,她说金华双溪路有两条,一条在磐安县,一条在东阳市,两条路两个方向,她问我到底要去哪条,如果顺路的话,她可以捎我一段。

听她这么一说,这还一下真把我难住了,我说了半天也没说出个究竟。后来我想,既然是双溪路,有两条也十分正常,哪条最近我就去哪条吧。

女士说,这条双溪路往前过两个红绿灯,见一个路口右拐就是。

修啓多日不相見誠以區區見發

曾灼艾不知體中如何來日修偶

在家或能見過以咨中醫者常有頗

俗工深可与之論撝也亦有閑事思

相見不宣 修再拜

　　　　　　　廿八日

學正足下

永固陵

建炎二年（1128）八月二十一日，宋徽宗一行抵达金国都城上京。二十四日，金太宗决定让徽、钦父子朝见金朝祖庙，实际上是行献俘之礼。次日，徽、钦父子脱去朝服，身披羊裘，腰系毡条，引入幔殿，行牵羊之礼。八月二十五日，金太宗封徽宗为昏德公，钦宗为重昏侯。按照金国的官制，昏德公属于正二品，俸禄为钱粟各一百五十贯石曲米麦各二十二称石，春罗秋绫各二十二匹，绢各八十匹，棉三百五十两。重昏侯属于正三品，级别相当于大将军。但所有这些只能让徽宗倍感羞辱。

囚禁期间，宋徽宗受尽精神折磨，《窃愤录》记载："帝日日哭泣不止，衣裙破弊，随行人及帝皆如鬼形。"悲愤中，徽宗用他那著名的硬笔书法写下了许多悔恨、哀怨、凄凉的诗句，如："彻夜西风撼破扉，萧条孤馆一灯微。家山回首三千里，目断天南无雁飞。"靖康二年（1127）七月，宋徽宗派臣子曹勋从金偷偷逃到南宋，行前交给他一件自己穿的背心，背心上写着"你快来援救父母"。宋徽宗将这几个字出示给周围的臣子看，群臣都悲泣不已。宋徽宗哭着叮咛曹勋，切记要转告康王赵构"不要忘了我北行的痛苦"，说着取出白纱手帕拭泪，而后将手帕也交给曹勋说："让皇上深知我思念故国而哀痛泪下的情景。"

宋徽宗被囚禁了九年（据说在这期间生了六个儿子、八个女儿）。公元1135年4月甲子日，终因不堪精神折磨而死于五国城，享年五十四岁。徽宗临终时，遗言要葬于内地，金熙宗本打算允其所请，但因朝中大臣均持异议，只得作罢。按照金国风俗，宋徽宗与郑皇后均用生绢（未经精炼脱胶的平纹织物）裹葬，没有棺椁。绍兴七年(1137)，高宗才知道徽宗已殁，谥为圣文仁德显孝皇帝，庙号徽宗。

辛弃疾却认为，徽宗不是死在五国城，而是死在均州（有人考据，在内蒙古通辽市科左后旗一带）。到了均州时，徽宗已经病得很重，喉咙全部溃烂，不能进食。那些随行的人又把他移到低洼湿地居住，更加重了他的病情。这样挨了不到一年的时间。一天，钦宗去看他爹，只见徽宗坐在土炕上已经僵死。钦宗大恸，要求埋葬。可当地人说不能埋，此地凡死的人都要先烧得半焦，再用木棍敲打，最后扔到一个大水坑里，这样坑里的水可以点灯。钦宗亲眼看着他爹被烧焦（用茶肭及野蔓焚之），扔倒水坑里，哭着要往里跳，被人使劲抱住，说如果坑里进了生人，坑水就会变清，不能做灯油了。（辛弃疾的《窃愤录》《窃愤续录》后来被收入《永乐大典》）

绍兴七年四月，徽宗、郑皇后的灵柩与韦太后南返乘坐的车辆均从五国城启程，宋高宗专门派人迎护梓宫及皇太后，金国也派专使护送。八月十日，徽宗等人的灵车及韦太后进入楚州（今江苏淮安），二十三日，高宗亲至临平镇（今浙江余杭县）迎接。十月，葬徽宗、郑皇后于会稽永固陵。绍兴十三年（1143）谥徽宗为神体合道骏烈逊功圣文仁德宪慈显孝皇帝（又长又拗口），将永固陵更名为永佑陵。

元世祖至元二十三年（1286），一伙人发掘南宋诸帝陵墓（由于惦记着北迁，老哥几个只是临时安放，即所谓攒宫，连封土都没设），徽、钦之墓也遭洗劫，但二陵均空无一物。徽宗陵有朽木一段，钦宗陵只有一木灯檠架而已。实际上，金人许诺归还二帝骨殖，不过是一场骗局，徽、钦父子的骨殖就在五国城，根本没有运往南宋。

关于那次盗陵，《南村辍耕录》和《癸辛杂识》都记述了事情的详细经过：至元二十二年九月，杨琏真迦（番僧杨髡）与允泽率领部众蜂拥至陵区，陵使罗铣竭力相争，不让开陵。允泽拔刀相逼，罗铣无奈大哭而去，宁宗、理宗、扬后等陵首先被盗。理宗在位三十年，死后珍宝随葬尤多。盗贼开启理宗棺盖时，一股白气冲出，只见理宗栩栩如生。珠光宝气缭绕其身，棺底垫以织锦，包以金丝网罩。棺中宝物被一抢而光后，盗贼又将理宗尸体倒悬，撬走口含的夜明珠，沥取腹中的水银。事后不久，他们又盗徽宗、高宗、孝宗、光宗等诸帝陵。七日之后，杨琏真迦复取理宗头颅，改造成饮酒的器皿取乐，又下令取来南宋诸帝骨骸，与牛马枯骨混杂，在临安故宫中筑一高十三丈的白塔压之，名曰"镇本"。

张岱《夜航记》中也有记载："元妖僧杨琏真迦发诸陵，唐珏潜收陵骨，瘗于兰亭山冬青树下，陵骨得以无恙，独理宗头大如斗，不敢更换，元人取作溺器。我太祖得之沙漠，复归本陵，有石碑记其事。"

▲ 附注1：关于宋钦宗，《瓮牖闲评》载：余（袁文）

自幼闻钦宗乃喆和尚后身,独未知何所据耳。近观《国史后补》,见惠恭王皇后初怀妊,梦宣德门大启,有两红旗,各书一吉字以入,是生钦宗。两吉字乃喆字也,则知钦宗乃喆和尚后身无疑。

▲ 附注2:茶肕又称茶肕草,其树高三尺,叶如南栋华而紫色。皆有白点黄花。花开四出如手大,碧色,或有八出者。结实大如拳。便熟可食,其甘若蜜,彼人呼其果曰茶肕子。

钟氏舍

朱泙漫在《李清照及其时代》一文中，绘声绘色地描述了李清照在绍兴居住期间，所藏书画被盗经过，兹录于下：

四月十二日抵越州也就是今天的绍兴，卜居近郊之土民钟氏舍，七月前后，取回被奉化收寄者窃去部分之七簏宗器，为不再使落他人目以防盗贼觊觎，乃藏之卧榻下，固其扃鐍，手自启闭。可是偏偏有个叫吴说的雅贼，时为福建路转运判官，经常往来于浙东沿海，不仅闻知有奉化寄存及取回七簏名贵书画事，且见及奉化监守自盗之故家所窃取之李公麟蜀纸画右军相，遂贼心顿炽，策划组织黑夜盗窃。从摸清盗窃现场之内外设置及物主起居规律入手，收买李清照之房东及诸邻，兼用欺骗利诱手段组织钟氏族人穴壁作案。榻上有人，难免不为所觉，日暖夜短，机动余地极小，故作案日期迁延莫定，一直拖至仲冬。该冬朝廷因越州漕运不继，无力支付百官俸禄，遂冬至日诏令放散百官，听从便居住，待来春赴行在。遵此放散百官诏，李清照无疑将随李亢暂时离开越州，致吴说贼图非幻灭不可。此贼一急，乃催其党徒立即动手，遂于十一月下旬某一风啸天黑之子夜过后开始行动，过程极为顺利，可谓神鬼不觉，居然轻易穴壁成功。但将书簏从卧榻下拖出，则绝难免形成声响，致拖到第五簏时，终为榻上人所觉而失声大叫。待到房东邻居似若刚被闹醒而点灯燃烛前来佯作救援慰问时，窃贼早已挟其所得消失茫茫黑夜中，而失主则昏厥在地。

次日天甫亮，满村钟氏族人尢不拥米，七嘴八舌，叽聒不休。李清照闲话不搭，仅宣布收赎失物之赏格，及不追究所持失物来源之保证。赏格之高及失主于盗窃现场悲恸至噤声停息而不欲

活之情景无疑大开村夫村姑之眼界，以致无论是否卷入盗案，无不摄于赏格之高而心潮怦涌。（见《李清照丛考》）

整个案件事实清楚，证据确凿，且充满戏剧性。

几个细节需要补充：

其一，文中所说的四月十二日，为建炎四年（1130）的四月十二日，但也有说是三月的，是年李清照四十八岁。

其二，李迒是李清照的弟弟，跟着姐姐一路南下，时为敕局删定官。宋代所设的敕令所是编纂整理各种行政命令的机构，删定官是类似从事校对业务的工作人员，为八品。陆游也曾担任此官职。

其三，李公麟是与苏轼、米芾同时代的北宋画家，擅长画人物和马。

其四，蜀纸是指四川生产的纸张，多用布、麻做原料。

其五，关于绍兴钟氏。相传，钟氏为商汤后代，发源于安徽境内。先秦时期，主要居住在楚国境内。而后，大致于汉晋之际，则以河南为其繁衍中心，其中以迁入颍川的钟氏著称于世，成为各地钟氏主要来源。东汉时，长社人钟皓隐居不仕，其七世孙钟雅西晋时随晋室渡江，居于建康。与此同时，钟氏有迁居至浙江绍兴的，钟雅的七世孙钟屿曾任南朝永嘉县丞。这就是说，绍兴的钟氏应该是东汉时期迁居而来的。后来小尧帮我打听到，现在绍兴有个地方叫钟家湾，有座钟府老宅传说是李清照曾下榻过的地方，还有一说钟姓一族居上虞菖坝一带。

其六，李清照没能从一开始发现有人正在偷她床底下的竹箱，很可能跟她临睡前喝了酒有关（仅仅是猜测）。但来绍兴之前，李清照追随帝踪流徙浙东一带，折腾得精疲力竭却是实情。本想在绍兴消停消停，想不到闹出这么一档子。后来，这种事经历多了，李清照也想开了：有有必有无，有聚必有散，乃理之常（多么痛苦的人生感悟）。同时也应了那句老话，乱世不收藏。

另外，文中有几个比较生僻的字需要注释一下。簏：竹箱。扃鐍：指门闩锁钥之类，出自于《庄子·胠箧》。

觅贴儿

这几日在河森堡的博客里，看到两个宋朝的盗窃案，情节离奇。

第一个是关于宋朝人偷猫的。宋朝时候，有的人家里养的猫会跑到大街上玩，偷猫贼找准机会就会一把将猫抄起，然后在路边的水缸（估计是防火用的）里一涮，再把猫揣进袖子里离开现场。之所以要用水把猫涮一把，是因为猫在身上湿的时候会急着舔毛，顾不上叫唤，这样不至于让偷猫贼露出破绽。

但有的时候，有些猫主人比较警觉，这偷猫贼还没走远呢，就被主人追上来盘问了，那偷猫贼就反问主人："你们家猫什么色的？"猫主人说出一个颜色，偷猫贼就从袖子里藏的十几根猫尾巴里选一个错误的颜色"视其非者而出之",于是"失主虽知其盗,以为他人之猫,故不再问"。

有人说:"盗虽小人,智胜君子。"这话刺耳,但是说得对。

第二个故事说的是宋朝时期,有个士大夫调任开封府,住的旅店对面有一家染坊。有一天,这个士大夫闲得无聊,坐屋外依着茶几观察来往行人,他看着看着就发现染坊门口有几个人往复徘徊,形迹可疑,还不停地观察坊里的情况,总之贼头贼脑的,就在这士大夫惊讶之际,这伙人里有一个人突然走近,对士大夫耳语道:"我们几个是买卖人,想要这染坊外晒的布,官人您看着就行了,别吱声啊。"那士大夫就反呛说:"这又不关我的事,我有必要为此多费口舌吗?"于是那人拱手而退。

士大夫心里知道这几位不是什么好鸟,准是贼人,但是又一琢磨,心想这染坊外的布全都在大街上晾着,光天化日之下多少双眼睛看着呢,他们要真能把这个布偷了倒也算他们有本事,于是这士大夫出于好奇就一直坐那儿观察,想看他们几个到底怎么得手。只见那几个人在染坊门口来来回回走了好几趟,也没下手,最后到傍晚了,人也就都散去了。那士大夫就不屑地笑道:"妄人,果然是唬我呢。"

结果这士大夫一回旅店,发现自己的房间已经被窃之一空。

宋代盗窃方法多样，绺窃和入室盗窃为盗窃的主要形式。绺窃即俗语所说的扒窃，《武林旧事》称之为觅贴儿。入室盗窃就更好理解了，有这么一个案例：黄祝绍为鄱阳主簿，庆元二年（1196）四月，"有偷儿入室，收拾衣衾，分置两囊。黄氏所育画眉颇驯，解人语。盗临欲去，禽忽踯躅笼中，鸣呼不辍。（家人）起视之，盗惧急走，遣仆追捕，盗已失之。"

资料显示，自宋太祖乾德元年（963），至宋钦宗靖康二年（1127）北宋灭亡，在一百六十四年间共发生盗窃案二百〇三起。南宋盗窃发案率高于北宋，在一百五十二年间共发生盗窃案二百三十起，与北宋相比，统治时间少了十五年，而盗窃犯罪的次数却未见减少。仅建炎元年（1127）至绍兴四年（1134）八年间，就先后发生了五十多起盗窃犯罪。我觉得这个数字还是相当保守的，大宋的法律虽然严苛，却对盗贼网开一面，一般的小偷小摸，抓到衙门里教育教育就释放了。

刘敞道出了盗窃犯懒的原因："衣食不足，盗之源也；政赋不均，盗之源也；教化不修，盗之源也。"（见黄道诚《宋代侦查制度与技术研究》）

金石录

浙江古籍出版社出版的《历代金石考古要籍序跋集录》（卷一）一书中，有关赵明诚的《金石录》的序跋占了重要的一编，从这些序跋中可以一窥《金石录》的面貌，以及该书的各种刻本的源流。

传世最早的刻本南宋淳熙年间龙舒郡斋本（三十卷），今据乾隆二十七年（1762）《雅雨堂丛书》本点校，有赵明诚自序、刘跂、李清照后序，卢见曾重刊序，赵不谫、叶盛、何焯跋；又据清顺治四年（1647）谢世箕刻本，录冯达道序、谢世箕跋、谢启光后序等。其中赵明诚自序和李清照后序后来被频繁引述，这里就不重复了。

刘跂后序："东武赵侯德父家，多前代金石刻，仿欧阳公《集古录》所论，以考书传诸家同异，订其得失，著《金石录》三十卷，别白牴梧，实事求是，其言金金，甚可观也。昔文籍既繁，竹素纸札，转相誊写，弥久不能无误。近世用墨版摹印，便于流布，而一有所失，更无别本是正，然则誊写摹印，其为利害之数略等。"

卢见曾重刊序："赵德夫《金石录》三十卷，匪独考订之精核也，其议论卓越，时有足发人意思者。顾世鲜善本，济南谢世箕尝梓以行，今其本亦不可得见。独见有从谢氏本影钞者，并何义门手校吴郡叶文庄公本，此二本庶几称善。"

赵不谲跋："赵德父所著《金石录》，锓板于龙舒郡斋久矣，尚多脱误。兹幸假守，获睹其所亲钞于邦人张怀祖知县。既得郡文学山阴王君玉是正，且惜夫易安之跋不附焉，因刻以殿之，用慰德父之望，亦以遂易安之志云。"

叶盛跋："《金石录》，余求之三十年不可得，壬辰冬，始遇此善本于京师，如获宝玉，然钞毕略观一度，其于《集古录》正误最多，诚亦精审也已。虽然，自昔著书家几尘风叶之喻，前后彼此，盖恒有之，不足怪也。"

何焯跋："此本真从叶书钞录者，其脱误至少。丙戌冬日，又得陆敕先以钱罄室手钞本校勘者，粗校后二十卷一过，亦以意改正数字，庶乎位善本矣。"

冯达道序（谢世箕刻本）："赵德甫博雅名士，其精心妙鉴，毕殚是书，小可给尘谭，大可资椽史，稽古之功，过越庐陵远矣。岁纪辽阔，书湮没不传，好事者伤之。"

谢世箕跋："三代以还，器物碑碣，款识铭记，与夫高文典册之鸿篇，断简残画之遗迹，从无辑而成书者，有之，自欧阳文忠公《集古录》始。赵德父效而为《金石录》，中所搜罗，广至二千，一一手为题跋，是正讹谬，信而有徵。"

谢启光后序（谢世箕刻本）："余初得易安序读之，嘉其夫妇同心，笃于嗜古，访求其全书未得也。后余季弟季弘，于里中旧家市得刻本以遗余。"

张元济宋本《金石录》跋（《古逸丛书三编》影印南宋龙舒郡斋本）："赵明诚《金石录》三十卷，宋椠久亡，世传钞本，以菉竹堂叶氏钞宋本为最善。钱罄室自言借文休承宋雕本钞完，识于第十卷后，独吴文定本，人未只见，莫知其所从出。"

张元济跋（《四库丛刊续编》影印吕无党抄本）："是书宋刻，世间仅存十卷，即跋尾之卷十一至二十，今藏滂喜斋潘氏，迄未寓目。其传钞之善者，推叶文庄本、吴文定本、钱罄室本。叶、吴二本，何义门均获见之，惟钱本仅见陆敕先所过校者。"

江藩跋:"《金石录》宋时刻于龙舒。开禧时,浚仪赵不谫又刻之。此本疑是浚仪重刊本也。"

此外,该编还收录了顾光圻跋、汪喜孙跋、朱为弼跋、姚元之跋、洪颐瑄跋以及沈涛跋等。其特点是越到后来写得越长,且多溢美之词,在此就不一一抄录了。

米芾　甘露帖

仿宋体

说仿宋体前先要说说什么是宋体，一般都会以为宋体就是印刷体（我现在打字就习惯用宋体五号，以后眼睛花了再做调整），殊不知宋体一开始是手写体，而且是秦桧发明的，人们恶其行，便按朝代将这种字体称为宋体（或宋朝发明的汉字）而不是秦体。之前字体都是以书法家的姓称呼，比如颜真卿的颜体，柳公权的柳体。不过这样也好，如果把秦桧的字称作秦体，不明就里的还以为是秦朝的字体也说不定。

秦桧曾任御史台左思谏，负责处理御史台衙门的往来公文。他发现这些来自各地的公文字体很不规范，于是便琢磨出这么一种独特的字体，并用这种字体誊写奏折。这引起徽宗的注意，下令秦桧将其书写范本发往全国各地，在官吏中推广。有人说秦桧的宋体是在徽宗的瘦金体基础上创造出来的，留心看便能发现瘦金体的神韵。比如宋体的笔画有粗细变化，而且一般是横细竖粗，末端有装饰部分，即字脚或衬线。这些特征，瘦金体也都具备。因其结构方正匀称，后来人们把它刻成书版印行书籍，成为一种规范的印刷体。

秦桧的书法在宋朝也很有名气，但秦桧写的宋体书法谁也没见过。目前所知，秦桧传世的书法作品有《偈语帖》《深心帖》《风墅帖》等，基本上都属行书。其中《深心帖》书于绍兴十二年（1142）之末，书此帖前三月刚进太师魏国公，前一年他用冤狱杀害了岳飞。此帖笔意在米芾和蔡京之间，所谓蔡六米四。有人说此帖表现出秦桧志满意得，飞扬跋扈之气。还有人考据，此帖实际上是个残帖，冠以《深心帖》有些断章取义，实名应为《阿难偈颂》或《晨叩钟偈》，还可以是《楞严咒》。秦桧书写此帖与"佛七"有关。

好像是在2014年秋天，国图举办了一个馆藏精品大展，展品中有相当一部分宋版书，其中有《范文正文公文集》二十卷，北宋钦宗以前刻本；《花间集》十卷，宋刻递修公文纸刻本；《唐女郎鱼玄机诗》一卷，宋临安府陈宅经籍铺刻本；《切韵指掌图》一卷，宋绍定三年越州读书堂刻本；

赵明诚《金石录》三十卷，宋淳熙龙舒郡斋刻本。据说宋刻《金石录》仅存此本，目录右侧题有"唐室有匪堂秘藏许就读不借"几字，看了让人摸不到头脑。

其实宋版书未必用的就是宋体，有些就使用的是颜真卿的颜体，而且即便是同一种字体，也分长扁方形。有学者认为，所谓宋体虽然来源于宋代，但是在明朝才确立定型。

至于仿宋体，说是摹仿宋体的字（有人未必会认同），出现于1916年前后,钱塘（也就是现在的杭州）人丁辅之、丁善之兄弟摹拟北宋欧体刊本字体，将楷书笔画和宋体字的间架结构融合在一起，设计了一种新的印刷字体，名曰"聚珍仿宋"。之前的宋体，在民国初年被称为老宋体，言辞中颇有几分不敬。

由于适应各方面的需要，仿宋体刚一出现便大行其道,成为各大印社（书局）的首选用字。仅上海中华书局，便用聚珍仿宋体出版了《四部备要》《三国志》《论语正义》《六朝文絜》等多种图书。估计之前的字体早已让人们倒了胃口。

这对丁家兄弟也是奇人，哥哥丁辅之喜篆刻，尤嗜甲骨文，擅长画花卉瓜果，是西泠印社创始人之一。弟弟丁善之著有《聚珍仿宋版各种样张》，于民国十二年（1923）上海中华书局出版，书中收集了各种宋代刻本字体，这本书如今已经很难找到了。

虽然搞不清楚丁氏兄弟发明仿宋体的动机，但是在宋朝的时候，杭州刻书业就十分发达，王国维在《两浙古刻本考》中说："监本刊于杭者，殆属大半。"除书铺外，杭州尚有卖香火烛的纸马铺和纸铺，也兼刻书以营利。（见《中国书源流》）加上丁家祖上为著名藏书家、名号八千卷楼主人丁松生先生。多年以来，丁家不但藏书，而且还刻书印书，想必丁氏兄弟在这种环境中没少受熏陶，很可能早就捉刀代笔了。

最初的仿宋体是方形的，后来才演变成体形修长的长仿宋字。仿宋体单看起来工整秀丽，文人气息浓厚，强调楷书味，仿佛让宋体字彻底从束缚中解脱出来，从中规中矩的方块字变成了自由意志。这就是为什么，仿宋体单独看还可以，一旦跟别的字体在一起便显得特别出挑，而且排得过密过散看着都不舒服的原因。

无论如何，把宋体变成仿宋体在当年是一件很艰难的事情，现在在电脑上，一个按键就解决了。

神妙帖

在给蔡忠惠《赵氏神妙帖》写的跋里，赵明诚简单记叙了获得此帖的经过：此帖，章氏子售之京师，余以二百千得之。去年秋，西兵之变，予家所资，荡无遗余，老妻独携此而逃。未几，江外之盗再掠镇江，此帖独存。信其神工妙翰，有物护持也（行书四行，后缺）。

落款为建炎二年三月十日，应该是赵明诚守江宁期间写的。

后来赵明诚接命前往湖州上任，李清照她担心自己保护不了如此多的物件，于是便问赵明诚，若真发生不测，那该如何是好。赵明诚说，若逢不测，先丢辎重，再抛弃衣物，然后依次是书册、卷轴和古器，惟这幅《赵氏神妙帖》不能失去，可见赵明诚对这幅书法痴迷到何种程度，可能就因为赵氏二字。

蔡忠惠即蔡襄(1012—1067),字君谟,兴化军仙游(今仙游县枫亭赤湖蕉溪村)人。宋天圣八年(1030),十九岁中进士甲科,授漳州军判官,官至端明殿学士。蔡襄书法与苏轼、黄庭坚、米芾齐名,是北宋大书法家之一。

这幅字帖不知怎么,后来辗转到了岳飞的孙子岳珂手里。

岳珂在《宝真斋法书赞》卷九中云:右蔡忠惠公《赵氏神妙帖》三幅,待制赵明诚字德甫题跋真迹,共一卷。法书之存,付授罕亲,此独有德甫的传次第,而蒋仲远遹、晁以道说之、张彦智缜,俱书其后。中有彦远者,未详其为谁。承平文献之盛,是盖蔚然可观矣。德甫之夫人易安居士,流离兵革间,负之不释,笃好又如此!所憾德甫跋语,糜损姓名数字。《帖》故有石本,当求以足之。嘉定丁亥十月,余在京口,有鬻帖者,持以来。叩其所从得,靳不肯言。予既从售,亦不复诘云。赞曰:公书在承平盛时,已售钱二十万,赵氏所宝也。题跋皆中原名十。今又一百年,文献足考也。易安之鉴裁,盖与以身存亡之鼎,同次保持也。予得之京口,将与平生所宝之真,俱供吾老也。

还有资料记载,李清照、赵明诚所收藏的另一幅蔡襄书法《进谢御赐书诗卷》，于1133年9月被安放在法慧寺内，纳入宫廷收藏。赵明诚的表亲谢克家专门为此写过题跋："姨弟赵德父，昔年屡以相示。今下世未几，已不能保有之，览之凄然。汝南谢克家，癸丑（1133）九月十一日，临安发慧寺。"（见《式古堂书画汇考》卷一〇）

绍兴十三年（1143），李清照六十岁，她在杭州已经生活了整整十年。这一年，除了立春撰了一篇《贵妃阁春帖子词》，以及四月撰了一篇《端午帖子词》应景之作外，李清照没写过什么像样的作品，甚至都没有喝过几场像样的大酒。实际上，在完成了《金石录后序》后，她就一直没什么正经事可干。

这天早晨，李清照起床后发现书案上的粉笺被风吹散了一地，李清照懒得弯腰去捡。那粉笺本是从汴京带来的，一直没派上用场。这粉笺很是珍贵，是用模板在纸上砑出凹凸不平的花纹，不仔细看或者不用手去触摸的话，则难以觉察。宋朝的文人喜欢用这笺书写尺牍，比如蔡襄用它写过《陶生帖》，苏轼用它写过《屏事帖》和《久留帖》。还有，米芾的《离骚经》和黄庭坚的《致齐君》也都是粉笺上写的。

时间到了中午，李清照打发丫鬟去街上买一碗虾爆鳝，嘱咐不要放胡椒粉，因为最近嗓子感觉不太好。前段时间，她在巷子口发现了一家汴京人开的面馆，它们的面条有弹性，浇头也不油腻。丫鬟出门后，李清照便坐在窗前发呆。随着太阳偏移，香几上的熏炉飘出一缕青烟，镶嵌在漆盒上的螺钿竟然有些刺目，而庭院中芭蕉的影子也慢慢移到一堵白墙上。

李清照突然想起《赵氏神妙帖》至今去向不明，如何丢的怎么也想不起来。想来想去，反而把去年的酒劲儿想上来了。她开始抱怨自己的记性。

这时，丫鬟风风火火跑来，说街市上有一流动小贩售卖"赵氏神妙帖"。李清照第一个感觉就是不可能，她问丫鬟此话当真，丫鬟说当真。但是，丫鬟怎么知道家里曾经有这幅字帖呢，原来两个月前，她们还在家里翻箱倒柜找了一次。

于是，李清照来不及梳洗打扮，便随着丫鬟穿街绕巷来到街市。远远看到那商贩正准备收摊，李清照趋步向前，定睛一看，原来那人卖的所谓"赵氏神妙帖"，不过是名为赵氏神妙贴的膏药。原来此贴非彼帖，李清照心里不禁凉了半截。

懒慢抄

京师旧未尝食蚬蛤，自钱司空始访诸蔡河，不过升勺，以为珍馔。自后士人稍稍食之，蚬蛤亦随而增盛。其诸海物，国初以来亦未尝多，自钱司空以蛤蜊为酱，于是海错悉醢以走四方。

有蛙一名青凫，飞走竹树上，如履平地，与叶色无别，每鸣则雨作。又一种，褐色而泽居，名旱渴，晴则鸣，乡人以此卜之。

浙西地下积水，故春夏厌雨。谚曰："夏旱修仓，秋旱离乡。"浙东地高燥，过雨即干，故春得雨即耕，然常患少耳。

石曼卿善豪饮。与布衣刘潜为友。尝通判海州。刘潜来访之，曼卿与剧饮，中夜酒欲竭，顾船中有醋斗余，乃倾入酒中，并饮之，至明日酒醋俱尽。每与客痛饮，露髮跣足，著械而坐，谓之"囚饮"。饮于木杪，谓之"巢饮"。以藁束之引首出饮复就束，谓之"鳖饮"。其狂纵，大率如此。

米芾曾经这样评价徐熙的《牡丹图》：徐熙风牡丹图，叶几千余片，花只三朵，一在正面，一在右，一在众枝乱叶之背。石窍圆润，上有一猫儿。余恶画猫，数欲剪去。后易研与唐林夫。蒋长源以二十千置黄筌狸猫颤菂荷，甚工。

相国寺星辰院比丘澄晖，以艳倡（娼）为妻，每醉，点胸曰："二四阿罗，烟粉释迦，又没头发浪子，有房室如来，快活风流，光前绝后。"忽一少年踵门谒晖，愿置酒参会梵嫂。晖难之。凌晨，但见院牌用纸漫书曰："赦赐双飞之寺。"

相国寺烧朱院，旧日有僧惠明，善庖炙，猪肉尤佳，一顿五勋。杨大年与之往还，多率同舍具餐。一日，大年曰："尔为僧，远近皆呼烧猪院，安乎？"惠明曰："奈何？"

大年曰："不若呼烧朱院也。"都人亦自此改呼。

马塍艺花如艺粟，橐驼之技名天下。非时之品，真足以侔造化，通仙灵。凡花之早放者，名曰堂花。其法以纸饰密室，凿地作坎，缅竹置花其上，粪土以牛溲硫黄，尽培溉之法。然后置沸汤于坎中，少候，汤气熏蒸，则扇之以微风，盎然盛春融淑之气，经宿则花放矣。若牡丹、梅、桃之类无不然，独桂花则反是。盖桂必凉而后放，法当置之石洞岩窦间，暑气不到处，鼓以凉风，养以清气，竟日乃开。此虽揠而助长，然必适其寒温之性，而后能臻其妙耳。

湖湘习以毒药以中人。其法：取大蛇毙之，厚用茅草盖罨，几旬即生菌罩，发根自蛇骨出，候肥盛采之，令干，捣末糁酒食茶汤中，遇者无不赴泉壤。世人号为休休散。

宋绍兴二年夏，冀州人甘行临窗饮茶时，见窗外景物忽然大雪纷飞，远山一片皑白。甘甚疑惑，出门一看，则只见烈日当空，酷暑难耐。待返身回到屋中窗前，大雪依旧。直到甘上前关上窗棂后，雪方止，唯窗台上留有雪花数片，亮若砒霜。甘伸手欲触，却顷刻间已与阳光融为一体。

张汝舟

电影《李清照》

1981年西安电影制片厂

导演：张景龙

话说这天李清照（谢芳饰）带着丫鬟云香一路颠沛流离来到杭州（这场戏安排得挺有意思，先是听到几声鸟叫，然后丫鬟对李清照说，夫人，临安就要到了），两人在西湖边上找张石桌石凳正打算歇歇脚（当时的西湖边上还没有长椅），然后就听见有人在一旁议论李清照和张汝舟的所谓婚事，李清照一怒之下决定状告张汝舟（事实上李清照与张汝舟有过一百天的婚姻，正应了那句话，一日夫妻百日恩，百日夫妻闹离婚）。

话说回来，当李清照来到衙门，谁知那个判官还是谁早被张汝舟收买了，不由分说就把李清照打入大牢。后来在周大人的过问下（实际上是翰林学士綦崇礼等人的营救），李清照才被放了出来。在这个过程中，为见到狱中的李清照，丫鬟云香在望仙桥边上的一家当铺典当了自己的头发，但最终还是在监狱见到李清照后气绝身亡。

补充一句，当铺是最赚钱的行业，在1275年的杭州城区和郊区有好几十家。这种机构起源于印度，并由佛教僧侣引进中国。通常是为了巩固其寺院的经济实力，有时也是为了个人财产的增值。（见《蒙元入侵前夜的中国日常生活》）

江边，已是垂垂暮年的李清照把校对好的三十卷《金石录》放在一块大石头上，她披散着头发（也许是日晚倦梳头的结果），然后颤颤巍巍地往一个酒盅里倒满了酒。本以为她会把这杯酒喝掉，想不到她老人家把酒泼到江里去了。影片在《武陵春》画外音中结束。至此，整部影片，作为酒鬼的李清照居然一门酒都没喝。这也不能怪编剧，喝酒的戏本来就不好演，而且当时的电影还不兴广告植入。

这部电影最有意思的人物就是张汝舟（江庚辰饰），他的任务似乎就是专门跟这对夫妇作对。赵明诚（冯福生饰）在被任命为抚州太守后，在赵构面前力陈死守建康的重要性，可是张汝舟却在一旁极力主张迁都临安。两人出了金銮殿还恶言相向，互相进行了一番人身攻击，结果赵明诚被张汝舟气得口吐鲜血，病倒在床。

李清照闻讯带着丫鬟前来探视，半路被张汝舟骗入府中软禁起来。这段时间，张汝舟对外散布谣言，诋毁李清照的名声。后来，李清照和丫鬟在看管她们的丫鬟的帮助下逃出了张宅。等见到赵明诚时，赵明诚已经身亡多时。一时间电闪雷鸣，狂风暴雨击打着窗棂。

那么，张汝舟为什么要这样做呢？因为开始他追求李清照不成，从此心生妒意。其次，他在市场上看上了一把玉壶（汉光武帝刘秀的），想花一点儿小钱买下来，正巧碰到赵明诚经过，把这宗买卖搅黄了（后来这把壶给李清照带来了大麻烦，有人向朝廷投诉，说李清照夫妇把它卖给金人了，所谓玉壶颁金），从此他成了这对夫妇的死对头。至于张汝舟的身份，影片开头只是交代他是张公子，后来又说他投靠了金人，康王继位成了宠臣，于是在政治上有了污点，最后做出诋毁李清照声名这种疯狂的举动也就不足为奇了。

历史上的张汝舟，史料记载甚少。唯一为人所知的是，1131年他曾是池阳军中小吏，1132年身任监诸军审计司，有承奉郎之衔，但官位很低（在三十级官阶中排第二十九位）。一些研究者认为张汝舟的仕途更显赫，他曾多次出守地方，并身任中书门下省检正公事，但如今的学者一般认为此人与李清照再嫁的那个张汝舟重名，而非同一个人。（见《才女之累——李清照及其接受史》）

纵观整部影片，基本上采用的是戏曲片的手法，人物比较脸谱化。看这部影片的主要目的，就是想知道张汝舟是怎么回事，因为关于他的文字资料少之又少。然而看完之后，更糊涂了（李清照婉不婉约，倒是次要的）。鉴于它拍摄于20世纪80年代初，参演的又都是一些老艺术家（有两个我还认识），就不好在此多做评价。

总的来说，它带给我的感受是颠覆性的（它不但可以叫《李清照》，还可以叫《秋瑾》和《江姐》），比如李清照和赵明诚的自由恋爱，比如少女李清照在秋千上背诵绿肥红瘦，比如片中人物用粉彩茶壶喝茶等一些处理，都未免过于草率。

说到喝茶，我想起有一场戏，李清照和赵明诚在家里斗学问，赵明诚因为总输屡屡被罚喝茶，他后来不得不向李清照告饶，拍着肚子说实在不能喝了，再喝肚子里就能撑船了。必须承认，这才像丞相的儿子该说的话。

赵家人

巩义在宋朝的时候叫巩县，属河南府，距洛阳七十六公里，距郑州八十二公里，几乎处于两座城市的正中间。北宋九个皇帝，除徽、钦二帝，七个皇帝以及被追尊为宣祖的赵弘殷均葬于此，世称七帝八陵。另外，皇室的七大姑八大姨，包括一些近臣也葬在一起，反正都是赵家人，大家不分彼此。这些陵墓加起来共有近千座（还不说南宋的那几个皇帝也还惦记着回这儿），分几大陵区，占地面积一百五十六平方公里。我估算了一下，这些陵墓花几天时间都看不过来，索性一座都不打算看，尽管听说所有的陵区都是免费的。

把宋陵设在巩县，有它的风水依据，据说巩县这个地方是风雨所会，阴阳所合，天地中心的位置。与其他帝陵依山面河所不同之处，宋陵的风水完全是反的，所说也是坐北朝南，但却面嵩山背洛水，不知道出于哪种考虑。但有一件事可以确定，赵匡胤把他老爸赵弘殷安葬在巩县，就是为迁都洛阳做准备，到时候来巩县祭拜起来也方便。

赵弘殷本是河北涿县人，后来迁居洛阳。在赵匡胤看来，开封一马平川、门户洞开，而洛阳八关都邑、八面环山，又据黄河之险，是理想的国都所在地。当然，赵匡胤喜欢洛阳，也跟他生在洛阳的夹马营有关，他对家乡有很深的感情，包括爱喝街边的胡辣汤、吃羊肉烩面）。

但当赵匡胤提出迁都洛阳时，却遭到了臣下的反对。反对迁都者认为汴京得运河漕运之利，有通往江南之便。赵匡胤则认为，城中所需物资全靠水路由外地运送，万一开封被围，后果难以想象。群臣的谏阻都不能动摇赵匡胤迁都的决心，可是他的弟弟赵光义一句"在德不在险"，让宋太祖哑口无言，他只好长叹："不出百年，中原人民叹也。"

所以说这个赵匡胤也够糊涂的，连在德不在险这种话都相信。于是，他只好把洛阳作为陪都（好在洛阳之前已经是好几朝古都了，不在乎这点儿荣誉），另外豢养一支庞大的禁卫军来保卫开封，即所谓"举天下之兵宿于京师"。

巩义的风水好，吃的也不应该太差。前些天在网上查了一下，巩义有喂（音 wài）庄烩面、赵磙子卤肉、柏峪排骨、蒜面条、老君烧鸡、烙馍卷菜、通桥路炸鸡腿、夹津口红薯面条、夹津口橡子凉粉、红薯叶菜角、夹津口水煎包、韵沟糊涂面条、候地大盘鸡等。其中最想吃的，便是韵沟糊涂面条和赵磙子卤肉。

北宋末年，金国在中原扶植的"大齐"皇帝刘麟曾对北宋皇陵进行大规模盗掘。金朝占据中原后，陵墓建筑彻底毁坏，珍宝被盗掘一空。元朝时候，陵区"尽犁为墟"，地面建筑荡然无存，现在的陵区是明朝以后恢复的。

也就在选定皇陵位置的这一年，赵匡胤密镌一碑，立于太庙寝殿之夹室，谓之誓碑。天子登基前必须到誓碑前跪拜默诵，臣子只能远远地站在阶下，不知道碑上的内容。直到靖康之变，宫门大开，人们才有幸目睹那座神秘的誓碑上的文字："不得杀士大夫及上书言事人。子孙有渝此誓者，天必殛之。"这块碑现在应该还在。

巩义值得一去的地方还有石窟寺，是北魏孝文帝创建的一座寺院，宣武帝时开始凿石为窟，刻佛千万像，后来的东西魏、唐、宋时以陆续在这里刻了一些小龛。

另外，还有一个名叫嵇含的牛人，他是嵇康的侄孙，也是晋代的植物学家，所著《南方草木状》为我国现存最早的地方植物志。该书分上、中、下三卷，我手头这册是商务印书馆 1955 年 11 月版，定价 0.96 元。粗翻了几页，第一卷开篇说的就是甘蔗。另外，还介绍了蒟酱、蒲葵、熏陆香、指甲花，以及槟榔、橄榄等。图录部分，茉莉写成末利，鉤缘子实际就是佛手，而越王竹上没有叶子，就是两根竹竿。

《南方草木状》直到南宋《遂初堂书目》始有著录，最早的刊本为南宋《百种学海本》。现在市面上售卖一种名叫罗汉佛脂液的口服液，就说就是根据嵇含和葛洪以及一些僧人的秘方研制的，据说喝了能让人延寿二十岁。

▲ 附注1：这是我的一篇专门为去巩义写的出行计划（或者说是功课），算不得游记，因为写完时还没出门。

▲ 附注2：嵇含素与司马郭劢有隙，后来夜里睡觉的时候被司马郭劢杀害。

石窟寺

我是3月10日上午九点三十分坐高铁到的郑州,大概十一点左右,跟应昊约好在大学中路和淮海路之间的郑州古玩城碰。然后我们去郑州东站,乘坐下午一点钟的高铁到巩义南站。

郑州离巩义约七十多公里,坐高铁也就三十分钟。出了高铁站才发现,县级城市的高铁站几乎一个模子,以致一开始不知道到了什么地方。进城的路况也很糟,不时会出现意想不到的颠簸。路边看到几处夯土城墙,应该是古时候的遗迹(年代不好判断)。应昊说他一年多前闲着没事,从郑州坐长途来过巩义看石窟寺。

老胡之前便在德厚街订了一家叫虎家聚福园的餐馆,估计老板或者老板娘是属虎的。我跟应昊是下午一点三十分下的高铁，到餐馆已经下午两点了。阿坚、孙民和老胡他们在餐馆等我们，菜没怎么动，但酒喝了不少。阿坚说他和孙民两天前就到巩义了，看了五六个陵。老胡是上午从洛阳出发，他本来想坐火车，临时接到小夏电话，说要一起去，于是便坐小夏的车来的。他说他大约在五年前来过巩义，这家餐馆是他一个同学开的。

没想到汉行也在，他是一天前从宿迁来的，跟阿坚他们也转了几个地方。

除了各种冷菜热菜，餐馆还给每人上了一碗烩面。应昊觉得这家餐馆的烩面有些一般，首先用的不是羊肉而是牛肉，其次不该放黄豆芽而是黄花、粉条，海带和木耳一般只放一样。

烩面的汤也很讲究，应该是用羊脊骨、羊棒骨和羊盘肠里的油熬加一起出来的，原始骨汤先用白水煮，再放入白芷、大料、花椒、小茴香、肉桂、草果等调料。炖好的羊汤上浮着一层油，既可以保温，炖肉时又不用把汤烧开。而羊肉应该用羊的腰窝肉，有肥有瘦，但不能炖得太烂。此外，扯面也有一番讲究，有一种扯面是三角形的。

羊肉烩面是由羊肉泡馍（还有一样我忘了）演变而来，至今不过六七十年的历史。而且同样是烩面，河南各地也都不一样。此外，南阳有生炝烩面，漯河有浇汁烩面等。应昊认为郑州的合记烩面最早，也最为正宗。

据服务员介绍，聚福园的汤是用鸡骨头、牛骨头和羊骨头熬的。聚福园的烩面里放的腊牛肉，应昊说最早从西北（大概是西安）传来的，在河南当地叫五香牛肉，过去只有过年时才吃。不过，应昊说炖这种牛肉时一般都会放硝，不然不会出那种红色。

有一道烙饼卷馓子，跟黄瓜丝、圆白菜丝外加尖椒豆豉卷在一起吃。这道菜也应该是从西安那边传过来的，与其说是一道菜，还不如说是一道主食。

吃过午饭，我们坐小夏的车来到一个长堤，说是伊洛河跟黄河的交汇处，之后回到城里在一家叫羊肉公烩的餐馆接着吃晚饭。汉行给阿坚、孙民打了几次电话，他们都借故说中午喝多了吃不动了。下午的长堤他们也没去，说要回酒店睡觉。

第二天一早起床后去看石窟寺，石窟寺离市区七公里，三十元一张门票，几乎看不到游人。一进大门看到一株腊梅，山下的几棵桃树已经开花了，另外左边的庭院里还有一棵很高的石榴树，上面挂着几个枯干的石榴，应该是去年结的果实。远处传来几声奇怪的鸟叫。

石窟不大，就在一座小山的底下。其中第三窟有两个飞天侍女（在释迦牟尼像的上方），据说茅台酒的飞天商标就是由此而来。石窟佛造像于北魏时期由皇室开凿，所以才会有帝后礼佛图这样看似不搭嘎的石雕。每一件石雕都很精致，但是一些佛造像损毁严重，佛首或者脸部都没了。几乎所有的文字部分都被拓过，留下黑乎乎一片（包括那两个飞天侍女）。后来才知道石窟寺大约发现于20世纪70年代，之前一直在黄河故道下面被泥沙掩埋。

　　从石窟寺出来，发现路边有一个榨甘蔗汁的小摊，于是花五块钱买了一杯。当地这季节时兴喝热甘蔗汁，榨汁机旁放着一个盆子里盛着热水，里面有几杯榨好的甘蔗汁（狗子、阿坚他们喝啤酒就这么烫着喝）。听说我要喝常温的，卖甘蔗汁的小伙子有些诧异。

　　永昭陵是北宋第四代皇帝宋仁宗赵祯的寝陵，不收门票。偌大陵园由皇帝陵、皇后陵和下宫组成。神道两侧排列着瑞禽（包括大象、狮子、马、羊）、甪端（神异之兽，日行万八千里）和文臣武将，这些石雕像应该是陵园中仅存的北宋遗物。有两个波斯人石雕，其中一个表情哀泣，手里捧着一件类似香炉的东西。可见当时的北宋跟波斯国的往来相当频繁，史料中便有有关香料贸易的记载，而且至少在唐朝就已经开始了。

看过永昭陵,我跟应昊租了一辆车出发去洛阳。途中停下来看了一下汉魏故城,其实就是几座夯土台,周边是一片麦地。这季节冬小麦已经长了出来,眼前一片绿油油的,到了6月就可以收割了。麦田当中,一个农民在喷洒农药。没走多远便是白马寺,应该是二十多年前,我跟老鸭、老唐一起来过,但不知当时为什么没进去,只是在寺庙入口处抚着白马石雕拍过一张合影。

浆面条

到了洛阳已经是中午，应昊带我去丽景门附近一家叫东关甜牛肉汤吃饭，这是一家早点铺，过了中午就关门，晚上也不营业。所谓甜牛肉汤，就是汤里不放盐，就连葱花和香菜也不放，只有老洛阳人喜欢吃这口。不过，餐桌上还是放着盐和辣椒油，以备客人的需要。我们点的牛肉汤里也撒了些葱花和香菜，并且配有一小份锅盔和烙饼。牛肉汤十五元一碗，牛肉给得很足，足足有一两。一碗喝下去，解饿又解酒。

牛肉汤斜对面有一户人家卖绿豆浆和绿豆粉（用粉笔在门上写着），应昊说洛阳的绿豆浆可不是我们平常喝的那种豆浆，而是经过发酵的，洛阳人用它煮浆面条，晚饭就能吃到。应昊认为，浆面条在洛阳有着跟牛肉汤一样的地位,相当于老北京眼里的豆汁。应昊曾经在北京工作过几年,比较熟悉老北京风俗。他说有一次在北京的酒局上见过我,当时场面乱糟糟的,我们也没怎么说话。只是到了去年,我、老唐和狗子去郑州开读者见面会,经狗子介绍,我们才真正变得熟络起来(之前他跟艾丹和狗子来往比较多),当时应昊就在我们举办活动的书店旁边经营一家画廊,大家都觉得很巧。

去年年底的西局书局年会,应昊也去了。

喝完牛肉汤,我跟应昊又到了丽景门古街闲转,天气很舒服,不冷也不热。看到街边一家小铺的招牌上写着甜咸牛肉汤,大概是汤分放盐和不放盐两种。另外还有两家不翻汤小馆,打听一下,原来不翻汤的意思是往汤里放的烙饼只烙一面,为的是吃着又脆又软。

在洛阳,随处可以看见各种汤铺,牛肉汤、羊肉汤、丸子汤、豆腐汤,似乎洛阳人可以把所有的东西都做成汤。应昊说,洛阳之所以是痛风高发区,就跟洛阳人喝汤的习惯有关。突然想起家仕洛阳的老胡就有痛风,而且很多年了。

接着又去应昊的朋友老任的艺术空间喝茶,没过多久老胡过来了。他说头天晚上,因为小夏家里有事,他就坐着小夏的车跟她从巩义先回了洛阳。下午,阿坚跟孙民从巩义坐绿皮火车到的洛阳(他们也去了汉魏故城遗址),老胡便去城里接他们。本来说好一起吃晚饭,但后来老胡发来短信,说阿坚坚持要在老火车站附近吃,他跟孙民要乘坐晚上11点钟的火车去四川绵阳,老胡便在那边陪他们。

这个阿坚我必须说一下,此人完全是一匹独狼,不适合参加集体活动。这次来巩义就是他撺掇的,但他只跟我在巩义吃了一顿午饭,下午去河洛交汇处,他在酒店睡觉,晚饭也没跟我们吃。第二天上午去汉魏故城遗址,让他跟孙民坐我们的车,他说他跟孙民已经买了绿皮火车票了。后来给他打电话,说中午一起在洛阳吃午饭吧,他说他已经跟孙民在绿皮火车上买了啤酒和酱牛肉,午饭就不跟我们吃了(好像有了孙民外加啤酒和酱牛肉,他这辈子就可以无欲无求了)。下午到了洛阳,大家本可以见个面吃顿晚饭,由于他坚持要在他熟悉的老城区活动,结果晚饭也没吃成。由此可见,阿坚在北京看上去基本上还算正常,出了北京就不是他了。

晚饭安排在应昊另一个朋友老关开的老雒阳面馆,只有我、应昊、老任和老关四人。我注意餐馆的招牌上的"洛"字写成"雒",老关说过去的洛阳就叫雒阳。老雒阳面馆在洛阳有很多家，我们吃饭的这家店位于洛龙区关林路与兴洛东街交叉路口，是离高铁站最近的，大约八百米。我订的是晚上八点五十九分回北京的车票，应昊订的是九点十五分回郑州的。

终于吃到了传说中的浆面条，除了觉得略微发酸外，跟别的地方的汤面并无太大差异。另外还吃了炝汁银条、自制皮冻、老洛阳烤花生、酱猪蹄、焦炸丸子、小酥肉、洛宁蒸肉等餐馆的招牌菜。我觉得洛宁蒸肉特别好吃，只是上得晚了一些，肚子已经被其他食物填满了。

晚饭期间，我跟餐馆老板老关求证痛风跟喝汤是否有关，老吴对此颇不以为然，他说嘌呤主要来自豆腐和动物内脏，跟骨汤关系不大。后来不知道怎么又说到河南烩面，老关说洛阳烩面跟郑州烩面也不太一样，他希望我下次来洛阳时能尝尝。

其实二十多年前我跟老鸭、老唐来洛阳那次，就吃过羊肉烩面，而且每次都吃一大碗，只不过现在忘了味道而已。

安乐窝

一则笔记中载：宋熙宁九年（1076）夏，洛阳邵康节先生于安乐窝中卧病。采花独酌间，忽见家中墙边有一把朴刀无故向南而倒，而院外有大雁之声自北而来，邵便叹息云："北气南袭，刀卧雁落。五十年后，国将亡也。"后北宋果然于1127年亡于金。

由此可见，北宋亡国早有征兆。

查了一下资料，邵康节他老人家果然是个奇人，写过《梅花诗》《击壤集》，会数学和天文，关于他的事迹很多：

伊川丈人与李夫人（也就是邵老先生他爸和他妈）因山行，于云雾间见大黑猿有感，夫人遂孕。临时，慈乌满庭，人以为瑞，是生康节公。公初生，发被面，有齿，能呼母。七岁戏于庭，从蚁穴中豁然别见天日，云气往来。久之以告夫人，夫人至无所见，禁勿言。既长，游学，夜行晋州山路，马突，同坠深涧中。从者攀缘下寻公，无所伤，惟坏一帽。

康节先公少日游学，先祖母李夫人思之恍惚，至倒诵佛书。康节亟归，不复出。

康节先公出行不择日，或告知以不利则不行。盖曰：人未言则不知，既言则有知，知而必行，则鬼神敌也（活得真够累的）。

熙宁中，有一道人，无目，以钱置手掌中，即知正背年号，人皆异之。康节先公问曰："以钱置尔之足，亦能知之乎？"道人答曰："此吾师之言也。"愧谢而去。（见《全宋笔记》第二编七·卷十八，卷十九，卷二十）

嘉祐七年（1062）康节移居洛阳天宫寺西天津桥南，自号安乐先生，把自己的家称为安乐窝。出游时必坐一乘，由一人牵拉。联想到政和五年，赵明诚至洛阳天津桥之故基，得《汉司空残碑》这件事，康节先生多亏不玩收藏，不然很可能在赵明诚之前把残碑买了。

关于安乐窝，史料中载：康节先公庆历间过洛，馆于水北汤氏，爱其山水风俗之美，始有卜住之意。至皇祐元年，自卫州共城奉大父伊川丈人迁居焉。嘉祐七年，王宣徽尹洛，就天宫寺西天津桥南五代节度使安审琦宅故基，以郭崇韬废宅余材为屋三十间，请康节迁居之。后来众人又集资，在这个基础上进行了扩建。对此，康节他老人家也只是简单客套了一下："贫家未尝求于人，人馈之，虽少必受。"

感觉河南人当场挨了一大嘴巴，明明做了好事还招损，从此之后，他们就没那么傻了。其实，他们哪里知道，康节他老人家按捺不住内心的喜悦，还专门为他的安乐窝赋诗一首（这首诗很长，姑且录它的前半段）：

  重谢诸公为买园，
  买园城里占林泉。
  七千来步平流水，
  二十余家争出钱。
  嘉祐卜居终是僦，
  熙宁受卷遂能专。
  凤凰楼下新闲客，
  道德坊中旧散仙。
  洛浦清风朝满袖，
  嵩岑皓月夜盈轩。
  接䍦倒栽芰荷畔，

谈尘轻挥杨柳边。"

邵康节1167年卒于洛阳,这一年正是北宋治平四年,宋英宗赵曙的年号。他没能等到北宋亡国那一天,临终前他突然笑着说:"我要看万物轮回去了。"

参考资料

杨震方编著.碑帖叙录.上海古籍出版社,1982年2月第1版

单远慕著.宋代的花石纲.中华书局,1983年10月第1版

(宋)周密撰,邓子勉校点.浩然斋雅谈.辽宁教育出版社,2000年1月第1版

(宋)周密撰.齐东野语.中华书局,1983年11月第1版

(宋)周密撰.癸辛杂识.中华书局,1988年1月第1版

(宋)佚名著.鬼董;(清)破额山人著.夜航船.文物出版社,2014年11月第1版

（晋）嵇含撰.南方草木状.商务印书馆,1955年11月初版

（宋）王灼撰.钦定四库全书·子部·糖霜谱

（宋）赵令时撰.侯鲭录.中华书局,2002年9月第1版

（宋）庄绰撰.鸡肋编.中华书局,1983年3月第1版

（宋）袁文 叶大庆撰.瓮牖闲评·考古质疑.中华书局,2007年10月第1版

（宋）陶穀 吴淑撰,孔一校点.清异录 江淮异人录.上海古籍出版社,2002年11月第1版

虞祖尧,赵基凯注释.历代食货志今译.江西人民出版社,1990年6月第1版

梁太济 包伟民著.宋史食货志补正.中华书局,2008年8月第1版

朱易安 傅璇宗等主编.全宋笔记（第二编）.大象出版社,2006年1月第1版

李剑国辑校.宋代传奇集.中华书局,2001年11月第1版

姚松译注 周勋初审阅.宋代传奇选译.凤凰出版集团 凤凰出版社,2011年5月第1版

《山东省志·诸子名家志》编纂委员会编.李清照志.山东人民出版社,1999年11月第1版

褚斌杰 孙崇恩 荣宪宾编.李清照资料汇编.中华书局,1984年5月第1版

济南市社会科学研究所编.李清照研究论文集.中华书局,1984年5月第1版

朱泙漫撰,鞍山市艺术创作研究所编辑.李清照丛考.1992年7月第1版

(美)艾朗诺著 夏丽丽 赵惠俊译.才女之累——李清照及其接受史.上海古籍出版社,2017年3月第1版

(法)谢和耐著,刘东译.蒙元入侵前夜的中国日常生活.江苏人民出版社,1995年6月第1版

任崇岳著.宋徽宗——北宋家国兴亡实录.河南人民出版社,2007年2月第1版

冯国超主编.宋徽宗传.中国戏剧出版社,2001年3月第1版

北京师范学院中文系注释组编.方腊起义资料选注.中华书局,1975年5月第1版

北京汽车制造厂工人理论组,历史研究所《方腊传》编写组编.方腊传.北京人民出版社,1977年3月第1版

（美）贾志扬著 赵冬梅译.天潢贵胄——宋代宗室史.江苏人民出版社，2010年7月第1版

谭其骧主编.中国历史地图集——宋·辽·金时期.地图出版社，1982年10月第1版

暨南大学中国文化史籍研究所编.宋代历史文化研究.人民出版社，2003年9月第1版

程民生著.宋代地域文化史.时代出版传媒股份有限公司 安徽文艺出版社，2017年1月第1版

岳云飞著.中国灾害通史·宋代卷.郑州大学出版社，2008年6月第1版

叶喆民著.隋唐宋元陶瓷通论.上海古籍出版社，2006年1月第1版

叶喆民著.氆氇锁记.文化艺术出版社，2016年12月第1版

扬之水著.宋代花瓶.人民美术出版社，2014年2月第1版

蒋金治 朱佩丽 徐卫著.酒坊巷.西泠印社出版社，2014年6月第1版

谢稚柳著.鉴余杂稿.上海人民美术出版社，1979年6月第1版

李致忠著.宋版书叙录.北京图书馆出版社,1994年6月第1版

奚椿年著.中国书源流.江苏古籍出版社,2002年12月第1版

陈师曾著.中国绘画史.中国人民大学出版社,2004年11月第1版

朱良志著.南画十六观.北京大学出版社,2013年7月第1版

(英)弗朗西斯·哈斯克尔著,孔令伟译,杨思梁 曹意强校.历史及其图像——艺术及对往昔的阐释.商务印书馆,2018年1月第1版

(美)班宗华著 白谦慎编 刘晞仪等译.行到水穷处——班宗华画史论集.生活·读书·新知三联书店,2018年1月第1版

杨典著.懒慢抄.深圳报业集团出版社,2016年12月第1版

出 品 人：许　永
策　　划：文　能
责任编辑：许宗华
特邀编辑：雷　彬
封面设计：李双鑫
内文设计：万　雪
印制总监：蒋　波
发行总监：田峰峥
投稿信箱：cmsdbj@163.com
发　　行：北京创美汇品图书有限公司
发行热线：010-59799930

创美工厂
微信公众平台

创美工厂
官方微博